诗
想
者

HI POEM

生　　活　　，　　还　有　　诗

# 透明如光

*Touming RU Guang*

陈阳 著

广西师范大学出版社
·桂林·

特约策划/ 刘　春
责任编辑/ 覃伟清
责任技编/ 王增元
装帧设计/ 桂裴璟

**图书在版编目（CIP）数据**

透明如光 / 陈阳著． —桂林：广西师范大学出版社，2023.10
　　ISBN 978-7-5598-6331-7

Ⅰ．①透… Ⅱ．①陈… Ⅲ．①诗集－中国－当代 Ⅳ．①I227

中国国家版本馆 CIP 数据核字（2023）第 159712 号

广西师范大学出版社出版发行
（广西桂林市五里店路 9 号　邮政编码：541004）
　网址：http://www.bbtpress.com
出版人：黄轩庄
全国新华书店经销
广西民族印刷包装集团有限公司印刷
（南宁市高新区高新三路 1 号　邮政编码：530007）
开本：889 mm × 1 194 mm　1/32
印张：8.5　　字数：160 千
2023 年 10 月第 1 版　　2023 年 10 月第 1 次印刷
定价：76.00 元

如发现印装质量问题，影响阅读，请与出版社发行部门联系调换。

自　序

# 写诗是一场盛大的修炼

诗的种子是没有分别心的，然而种子的生长有不同的选择。她可能未及发芽就已经朽坏，可能始终保持种子的形态，也可能破土而出却又夭折，还可能倔强地发芽、抽枝、活活泼泼地生长。海德格尔说："人生的本质是一首诗，人是应该诗意地栖居在大地上的。"这个论述既是对存在的意义的肯定，更是对存在的艰难的表达。而诗，则如同这句话本身一样，无论其内核表达了什么，个人以为，都应该充满希望的光辉。李白写"抽刀断水水更流，举杯消愁愁更愁"，然而最后他写道："明朝散发弄扁舟。"短短的诗行却完整地传达出坚韧的生命和勃勃的希望。正因为如此，诗歌具备遥望究极的力量。而我们，在这种遥望中获得了希望。

虽然中国传统诗歌与现代诗歌的源头不一样，传承有所区别，但诗之所以为诗，在本质上是相通的。心理学大师阿德勒曾经说过："生命总是努力生存，生命力绝不会放弃挣扎而屈服于外界障碍。"对我来讲，这种挣扎外显的结晶，主要以诗歌的方式来呈现，无论是旧体诗还是现代诗。从这个意义上讲，诗歌拯救了我。文字和词语是沉默的，而在这种挣扎中组合并能体现这种挣扎的，是诗的雏形或者说诗的火花。进一步写作的过程，就像编写密码电文，或者出谜语，得把这种挣扎的最直白的表达隐藏起来，代之以节奏的变化、意象的营造及其他可能的手段。在这样的方向上，我愿意并且不断地改造着自己。

当然不能太自我。孔子说："诗，可以兴，可以观，可以群，可以怨。"王夫子进一步阐述："于所兴而可观，其兴也深；于所观而可兴，其观也审。以其群者而怨，怨愈不忘；以其怨者而群，群乃益挚。"兴、观、群、怨既是写作者的心理过程，也是经过心理沉淀后的审美过程，当然，也是采用诗歌对周围世界，对历史、当下与未来的具备个人特征的表达和反映。生活是沉重的，即使轻松写意的时刻也无非是沉重的注脚罢了，但生活不可能泯灭希望，没有希望的生活带来的注定是毁灭。写诗的过程，就是咀嚼、咂味、吸收、消化，把主观的情绪和感受与周围世界连接，使沉默的文字转化为展现希望的文本。因此，她既是独特的，有写作者自己的烙印，又是能够引起共情的；她受周围世界所决定，又能够反过来作用于周围世界。

表达是人的天赋本能。诗歌具备口头表达和书面表达的双重特性。她理应成为一个时代具有代表性和影响力的表达途径。几千年来，诗歌的殿堂群星璀璨，无数经典的文本熠熠生辉。阅读这些文本，在历史、当下与未来之间穿梭，这些具有生命力的文字常常让人自惭形秽。然而，时间的车轮滚滚向前，生活的变迁时时发生，我们不可能总是趴在前贤的典籍里吟哦赞叹。南朝萧子显有一句名言："若无新变，不能代雄。""代雄",是取代前人的意思,而"新变"则是创新、变化的意思。诚然,"代雄"者必须有新变;然而,"新变"又怎能只是对"代雄"的要求呢?若无新变,当下的诗歌写作,其价值和意义又何在呢?因此,即使仅仅从生存的角度看,旧体诗和现代诗的写作,也需新变!每个时代的诗歌写作者都有条件去体现"新变",那些应运而生的新场景、新事物、新感悟,必然借由当下的写作者来记录并书写。比较而言,旧体诗由于在句式、字数、平仄、对仗、押韵等方面或者全部、或者部分有严格的、完整的规则要求,"新变"需求尤甚于现代诗。

"新变"的来源很多。新场景是首选。毕竟,已经进入信息社会的新时代,有太多的场景是前人所没有体会过的,对这些新场景的观察、联想与表达,必然能体现"新变"的要求。同样,基于这些新场景,我们会有全新的感悟,这些新的感悟同样是"新变"的来源。宋人张炎在《词源》中说:"一曲之中,安能句句高妙?只要拍搭衬副得去,于好发挥笔力处,极要用工,不可轻易放过,读之使人击节可也。"这就是在感悟中用功求新。此外,像一些具有时代特色的新的语汇,若能融入诗中,也能产生"新变"的效应。当然,"新变"也需有度,完全让人摸不着头脑的"新变"只会导致作品成为写作者一厢情愿的表达。

写诗是一场盛大的修炼。修炼的还有对于表达欲的自我节制。这是一个众声喧哗的时代,人人皆可成为英雄,人人皆可借助网络实现自我传播。因此,无论是我们感知的世界还是我们表达的世界，有时候不免过于繁杂了。诗可以叙事、抒情、言志、喻理，有意象，有情绪，有认知，并通过文字的组合来寄托写作者的意图。然而对于写作者，最大的挑战在于节制，把想表达的内容吞回去三分之一甚至更多，一首诗也许会更有张力、更有诗力！正是因为节制，诗歌才可能展开想象的翅膀。王国维说，诗人对于周围世界，"须入乎其内，又须出乎其外"，入其内则须删繁就简、直击本质，出其外则要在文本之外营造自由联想空间。实际上，从纵意表达到节制表达，这既是对思想认知的淬炼，更是对写作者自身的淬炼，将情绪加以凝聚和收敛，并借助某个意象实施投射或呈现，营造"意在言外"的氛围，这是很艰难的过程。在激情的所想和所写之间呈现空间，因而使得这种空间具有穿透一切的感染性，这是节制的力量。

然而最难的是对节奏的把握。这里的节奏是指在慢速阅读文本时，涉及的语言元素（包括声调、轻重、顿挫、连接等）在时间上的分布。节奏会对写作产生难以言喻的影响。一旦找准了节奏，诗歌写作就会相对呈现一种自然流淌的状态，仿佛不需要去进行太多的思考，某些清晰的或不怎么清晰的内容就如同溪流一样淙淙而来了。而一旦节奏失准，往往苦恼不已。比较而言，旧体诗由于格律的规则所在，节奏有限；而现代诗由于没有字数、平仄、押韵等方面的要求，可呈现的节奏则十分丰富。事实上，无论是阅读旧体诗还是现代诗，如果带着节奏的无意识去品味，往往更容易产生共鸣，这种共鸣会驱使潜意识按照从文本中获取的触动最强烈的节奏去组合自身的经验、情绪，从而促使个体围绕感知的节奏去演绎更多的经验与情绪；而在修订作品的时候，围绕诗眼所在句的节奏，反复品味，无论删减还是调整，都更容易见效。节奏的营造，在于最终文本的同一性和差异性的融合，其对象，可以是文字，也可以是意象。从这个意义上看，旧体诗的节奏更有规律可循，而现代诗的节奏更加富于变化、更加灵活自由。这种规律，使得写作有时候可以从结果倒逼思维的过程和意象的营造。

写诗是一场盛大的修炼。最大的敌手是自己，是我们引以为习惯甚至引以为傲的生活方式。所以，采风很重要，让我们的生命推开和体验不同于旧有习惯的内容。类比于采风，旅游、跨界都有相应的作用。对我来讲，跑步也有类似的作用。在作家中，村上春树是最著名的跑者，他有这样的感叹："我跑步，只是跑着。原则上是在空白中跑步。也许是为了获得空白而跑步。"确实，在一步一步的距离丈量中，在一吐一纳的呼吸交换中，在汗水渐渐涌起并从额头漫流而下的过程中，心思渐渐澄澈，杂念悄悄消散，头脑渐渐清朗，内世界的能量不断萌发，外世界的讯息持续被解读，一些新颖的思维逐渐被引发，一种微妙的不可言表的节奏感弥漫，这无疑有利于写作，甚至成为写作的一个源头。这真是奇妙的体验。跑步与写作，在生活中融合，虽未臻于水乳交融，却也初具相辅相成、相得益彰的模样。

诗，是生命的觉醒，是彼岸。既来之，则安之！

# 目 录

001　列队在数字中国的旗帜下

009　筑云，世界挣脱原生的枷锁

011　乘云，时空因此被重新定义

013　云图，万物喜悦和世界沉默的演化

015　信息时代

017　我们的肉身春光莹莹

019　电信战"疫"（组诗）

024　九摹，滇西南（组诗）

029　甬道中的面壁者

031　问　答

033　堡　垒

034　静　止

036　单维的存在

037　读与解

| | |
|---|---|
| 038 | 交响的成都 |
| 039 | 念头与英雄 |
| 040 | 投 掷 |
| 041 | 多么畅快 |
| 042 | 白 菊 |
| 043 | 闪 烁 |
| 044 | 刺梨果 |
| 045 | 我透明如光 |
| 051 | 谁把海给了我 |
| 058 | 归 野 |
| 059 | 蝉 鸣 |
| 061 | 外公的话 |
| 062 | 故 乡 |
| 063 | 荒芜的忧郁 |
| 064 | 回 家 |
| 065 | 逝 乡 |
| 067 | 寂静的微笑 |
| 068 | 流水照见的面孔 |
| 070 | 老屋及其联想 |
| 072 | 冬眠的村庄 |
| 073 | 枕着故乡入定 |
| 074 | 除 夕 |

| | |
|---|---|
| 075 | 星空之下 |
| 076 | 上灯（外四首） |
| 079 | 逃离的我们 |
| 080 | 旋涡中的我们 |
| 081 | 星子一样沉静的 |
| 084 | 被洗礼的海 |
| 087 | 在锯口般的裂缝中 |
| 090 | 致加缪 |
| 093 | 山顶的融没 |
| 094 | 落叶纪念碑 |
| 095 | 陷落与走出 |
| 096 | 素　描 |
| 097 | 栀子花虽然枯萎 |
| 098 | 惹人羡慕的猫 |
| 099 | 只有声音是自由的 |
| 100 | 五　月 |
| 101 | 天蓝的种子 |
| 102 | 哪里在哪里 |
| 103 | 把自己酿成酒 |
| 104 | 点燃光阴 |
| 105 | 鸽子花下 |
| 106 | 旅行的味道 |

| | |
|---|---|
| 107 | 归　途 |
| 108 | 倒　影 |
| 109 | 思考的莲 |
| 110 | 雨　夜 |
| 111 | 青春印象 |
| 112 | 跑向空白 |
| 113 | 在呼吸中放空 |
| 114 | 梦与失眠 |
| 115 | 蛰　伏 |
| 116 | 春　分 |
| 117 | 时间的皱纹 |
| 118 | 海　鸟 |
| 119 | 补　夜 |
| 120 | 作　别 |
| 121 | 老巷子 |
| 122 | 汤　圆 |
| 123 | 瀑布舔过阳光 |
| 124 | 后来的蜘蛛 |
| 125 | 折　叠 |
| 127 | 春的重量 |
| 128 | 呦呦鹿鸣 |
| 129 | 哪里的柳 |

| | |
|---|---|
| 130 | 扔出去再说 |
| 131 | 每夜告别的朋友 |
| 132 | 一种体验的隐喻 |
| 133 | 门　内 |
| 134 | 秋　语 |
| 136 | 山里的自在 |
| 137 | 地平线上 |
| 138 | 彼　岸 |
| 139 | 空镜头 |
| 140 | 质　感 |
| 141 | 玩　具 |
| 142 | 石头花 |
| 143 | 青蛙的跃出 |
| 144 | 透光层 |
| 145 | 如　同 |
| 146 | 寒　露 |
| 147 | 疼痛之后的感受（外五首） |
| 154 | 遗　落 |
| 155 | 走　过 |
| 156 | 手　心 |
| 157 | 等　待 |
| 158 | 席　卷 |

| | |
|---|---|
| 160 | 呈现与消隐 |
| 161 | 此　时 |
| 162 | 《昆虫记》是本好书 |
| 164 | 人间及其他 |
| 165 | 宝　藏 |
| 166 | 合掌的人 |
| 167 | 小岛的燃烧 |
| 168 | 师父的嘱咐 |
| 170 | 在成都望见雪山 |
| 171 | 在雨后读吉尔伯特 |
| 172 | 树　下 |
| 173 | 安　定 |
| 174 | 残　雪 |
| 175 | 把自己煮成一壶茶 |
| 176 | 立　春 |
| 177 | 冬奥之梦 |
| 178 | 中国首金 |
| 179 | 致敬"葱桶"组合 |
| 180 | 与未名虚间的你 |
| 181 | 久违的额头，叹息花开的声音 |
| 182 | 像理解左手那样，理解孩子 |
| 183 | 像对待右手那样，对待这场共赴白头的爱情 |

| | |
|---|---|
| 184 | 这也是好的 |
| 185 | 好小的行者 |
| 186 | 栖居之所 |
| 187 | 回归的驭手 |
| 188 | 以他之名 |
| 190 | 秩序如剑 |
| 191 | 夕　照 |
| 192 | 参　禅 |
| 193 | 降临的壮阔 |
| 194 | 密　境 |
| 195 | 清　晨 |
| 197 | 雪人爱上火炉 |
| 199 | 我　愿 |
| 203 | 我们正走在失去的路上 |
| 205 | 谁在我的梦里梦见我 |
| 206 | 动摇终究不可避免 |
| 207 | 思　念 |
| 210 | 东　篱 |
| 213 | 父亲对我的需要越来越少 |
| 215 | 爱满天地 |
| 216 | 梅花落在春风里 |
| 218 | 其美多吉的坚守 |

| | |
|---|---|
| 222 | 我们的世界 |
| 224 | 夏天与我隔着一场雨 |
| 225 | 圣淘沙海滩的晨光中 |
| 227 | 我与时间互相凝视 |
| 228 | 天上的世界 |
| 233 | 堤　坝 |
| 239 | 虞美人 |
| 240 | 文王操 |
| 241 | 归　乡 |
| 243 | 温　度 |
| 245 | 当　下 |
| 249 | 家 |
| 251 | 怀想足球 |
| 252 | 崩溃的夜 |

# 列队在数字中国的旗帜下

## 信息之意

像氧
无论哪里的我们
都必须保持它的流动性

固态的氧,液化的氧
气状的氧,燃的氧
凝冻了的氧,作为生命基石的
氧。在我们之间
不朽地流动

你也一样
站在寂灭的对面
从无意识的捕获与诞生中
起源。你最精华的部分
被镌刻在我们最底层的
编码核酸里

我们跋涉在长河中
习得你的抽象、存取、释义
以及不断突破极限的
传递

你让我们日益完整
有别于一株株仅仅摇曳于
本能体态的存在

## 技术之格

像空气之于氧
你之于信息

……依托你
我们追逐星辰大海
析分波的颜色与频率

把平面的，甚至立体的
自己瞬息间传送到某个节点

在长江、黄河蜿蜒东去
绵延至今的文明土层上
你层层叠叠，环环相扣地
开通。钢与铁的骨架里
电能驱动的婆娑世界自由地
驻停，呈现，消隐，关联……

拥有大自然一样的
禀赋，是你


## 创新之号

当生活的单行道
在信息时代的编年史中

裂变,双行

神话时代的传说:
嫦娥,祝融,羲和
与先秦传记符号:
墨子——交织于

眼前。数字化
网络化、智能化
消融城乡鸿沟
握手空天的遥距

量子态号角
在每一个分布式节点
响应成冲锋的
姿势,迥异于以往

## 智能之光

安静的所在
沉默的数字栖息于此
被编码。所有的
行为能力在互联中
制作封装。饥渴的心脏
像芥子那样陈列
一段段世界被纳入

连接、数据、计算
智能和感知的汇聚之所
强化分布,重构蜂窝
无处不在的 AI[1] 推理
空气构筑的管道中

---

1. AI:"人工智能"英文缩写。

香农模型与图灵模型
相遇相融

## 融合之势

生产与作业的奏鸣曲
绿色频谱涌动,指令电流
比神经元更精准更具柔性
钢与铁舞蹈于
识别、分拣、焊接、旋转
……的节奏中,不知疲倦

感知、物联、可视化容器里
数据在产生、传输和应用
机器像汲取天真地秀
日精月华而孕生的
"猴王"

随着人世目光的消隐
成群的钢铁在无量的代码中
召唤日出


## 未来之境

草本、木本、肉本
之外，无用的部分
等于往事和直播共同的
重量

一滴雨，也可以
被某种算法精准地
连续记录，然后分析
以便随需触发时
更完美

几缕思绪躺在灰白的
大脑皮层褶皱里
生灭,像地砖上的灰垢
却依然被完整读取

无用的部分今天很轻
未来很重,是尚难觉知的
美,与幸福
如透明月色中
蓦然回归的圆满

## 筑云，世界挣脱原生的枷锁

从一团土壤的感知开始连接
一场隐秘的盛宴正在席卷
城乡各处和山水之间
那些手执蓝光的人
把无数形状各异的种子
播撒于万古寂静所在

我听见他们的汗水
像花开的声音一样滴落
从圣洁雪山之巅到巍峨庙堂之上
我看见他们的足迹
随分秒疾走的时针烙印
从春雷震震到冬雪飘飘

云对于蓝天，因此有了全新模样
白云、碧云、乌云之外
私有云、公有云、混合云
政务云、工业云、医疗云

……朵朵铺开,灼灼其华

世界,由此挣脱原生的枷锁

# 乘云,时空因此被重新定义

每一次,当我从
一朵云飘到另一朵云
嘴角都挂着微笑
那些飘来飘去的数字化分身
呼吸之间,就飘出
亿万里之遥,然后重新凝聚
我化身千千万,姿态各异
即使传说中"朝游北海暮苍梧"
的存在,也要甘拜下风

在这片中继器、路由器、交换机、芯片
构成的元宇宙、包罗万象的云世界中
我自在遨游
呼吸珠穆朗玛峰顶的气流
轻嗅蒙山新茶的芬芳
穿梭于火神山的夜空
在蒙古草原的嘹亮歌声里疾驰

把暂驻的时空和我自己
用最小的两个阿拉伯数字
雕成光束,在新的秩序中传递
重组,点滴光华反复滋润
尘埃洗去,时空因此被重新定义
在过去或未知的某个地方
停顿,把美好紧紧抱住

## 云图，万物喜悦和世界沉默的演化

像阳光一样
寂静地无所不在
浸于其中的，是一场
落下之前的雨，一池
轰响之前的雷
站在那里的我们
是破壁而来的存在

那样远的你
仿佛将爱的我在窗边遥望
细雨卷过淡淡的芳香
那样近的你
仿佛我在回忆的唇边叹息
万物游离永寂的两端

我们仍然站着
却已经不能阻挡无限的你
被一次次证明

我们是一个整体
却在无量的裂缝里
消散,重聚

事实上,就在这里或那里
就在身体的某个地方
你穿过我们,延伸出去
成为万物喜悦和
世界沉默的一部分
一坐,就是一场顿悟的演化

# 信息时代

没有人是一座孤岛
世界如此小，每个人都紧紧相连
你的幸福就是我的幸福
你的灿烂就是我的灿烂
天涯海角的距离，都在一掌之间

没有家是一帘相思
世界如此小，每次思乡转眼把家还
家的温暖萦绕在身边
家的炊烟袅袅在眼前
天涯海角的漂泊，都在一念之间

没有乡村是一片桃源
世界如此小，每个梦想都不再孤单
梦的脚步在脚下延伸
梦的光亮在前方变幻
天涯海角的追寻，都在一指之间

信息时代,云上花开
信息时代,阡陌相牵
我们与大地相互感知
直到天长地久、幸福美满

## 我们的肉身春光莹莹

寒冬陷落之后
所有冰莹的、萧瑟的、凛冽的
意象都在被替代。我们与饱经风霜的大地
一起欢呼雀跃，光华灿烂，仿佛
那些破开枷锁绽放而出的娇嫩枝叶与纤柔花蕊
在阳光下撒欢，把关于梦想和爱的期盼
写在席卷而来的春风中，任意放飞

不仅如此，我们还可以
同曾经显化的春天继续会面
在一块块闪亮着七彩光芒的屏幕前
我们和春天的数字化分身同在
每时每处，起心动念之间
一个分身来去自如
含香而谈，翩然起舞

被种植在那里
我们对着千万里之外的虚空挪移

让大洋彼岸的海风吹拂蜿蜒河岸的柳枝
高山峡谷的杜鹃沐浴城市巷道的缱绻
如果愿意，挽着春天的氤氲芬芳
我们以己身为药引，以云为炉鼎
连续演绎二十四节气
在过去或未知的某个地方
停顿，把春天紧紧抱住

我们的肉身，春光莹莹
被打碎成单调的阿拉伯数字
被传递，被重组
另一种秩序在发光
滋润和涤荡让人向好
凝望自己，尘埃洗去
我们相信，那些隐藏在年轮中的
灰犀牛、黑天鹅终将被写在春风中的期盼
逐一驯服

# 电信战"疫"(组诗)

### 战"疫"铁军

我们是电信铁军
没有硝烟的新冠战"疫"中
我们闻讯出征
为了脚下这块土地的安宁

巾帼,须眉,都在阵中
祖国需要的时刻我们人人皆兵
在各自的战壕里为阻击病毒冲锋

新装排障保通利民昼夜不分
告别小家保大家我们迅疾如风
硬骨头铁肩膀亦胸怀柔情

虽不像白衣天使顶在最前线却同样拼命
为天地立芯,为抗疫抱薪
使千万里仅隔着近在咫尺的一块屏

哪里有战场哪里就有我们的身影
使命召唤我们即刻出征
捧着红色初心无畏逆行

不在聚光灯下也无比赤诚
跟随战旗转战南北西东
肩并肩手牵手我们众志成城

我们是电信铁军
我们是全民抗疫的硬核[1]支撑
最智能的网上网下把世界拧成一股绳
狡猾的魔鬼必将无处藏身

---

1. 硬核：译自英语"hardcore"，原指一种节奏感强、有力量的说唱音乐风格。现在人们常用来形容"很厉害""很刚硬"等。

### 谁不英雄

战"疫",全民皆兵
不能忘我的兄弟姐妹逆行的身影

除夕夜的华西医院
争分夺秒的网络被彻夜扩容

大年初二的卫健委
率先登上远程会诊的5G高峰

口罩遮挡了青春容颜的坚守的营业员
眼眸含笑把希望播撒在风中

戴着耳麦用声音服务的10000号姑娘
诠释昼夜畅达的青春风景

手提工具包奔忙排障的装维员

只给病毒留下一个坚毅背影

保障防控通信忘记晨昏的行业经理
无怨无悔为追光者逆行者挡雨遮风

顶寒风爬铁塔开通应急基站的工程师
像尽忠职守的旗帜飘扬在天空

在露天宣传登记摸排的志愿者们
不承想迎来了暖心电信人的志愿捐赠

"电信的兄弟们，一定做好防护"
这份情温暖着电信新兵老兵

千万个瞬间已经定格
普通的我们实际并不普通

复工后我们忙着用视频开会

负重前行、风雨兼程

抗疫鏖战何需鲜花和掌声
默默付出、挺身而出都是战"疫"英雄

  相约未来

就像我提起笔来书写
满腔自豪倾泻出一篇光明

就像你我并肩携手
跨过每个终点又踏上新程

就像日落之后有日出
缤纷的颜色终将与我们重逢

相约未来
只管前行

## 九摹,滇西南(组诗)

### 村

这青绿山丘簇拥的湖水,这濒湖的苍黄的
土坯墙上闲坐的花草、咖啡与龙猫画像
是乡村梦想涂画的常量。我是一个
被吸引的变量,垂挂于某家客栈灰旧的
竹椅,失落在喀斯特漏斗一样的田园之梦中
看见你们在月光下,拨弄着新换的丝弦起舞

### 酒

来到这里,你只为用深紫或浅黄的语调
做证,玛瑙般的高原岁月已孕育出无邪的圆珠
来到这里,你化泥、冥想,在钢构和原木
凿就的黑暗巢穴中日渐完整,仿佛时间的泪滴

荷

穿上层层叠叠荷的影子,我纤细的眼神
被一支一朵一生的荷花反复打磨。这荷
这争渡的舟楫,这在我心中留下咬痕的你
化育我变为一只驻停荷尖的红蜻蜓
在万亩荷色中静谧地生长,以荷为茔


园

水汽,游艇,各种水鸟,长在峭壁上的
玫瑰石斛和扇蕨,拉链般的我们。寂静白荷
饥饿地绽放,命运的定数却从时序深处悄掩而来
凋零之光已冷漠地在释放。向远方泼墨的天空
反复演化寂静与熙攘。通体黝黑闪耀金斑的
蝴蝶就地列阵,像拂晓夜空中闪烁的星

## 山

锦屏山顶,弥勒盘坐,为世界庄严含笑
为过去、现在与将来而笑
原石怀笑,溪流浅笑,花草树木依山笑
而台阶上的你们,登顶而来
集聚在一帧照片里,与弥勒并肩含笑


## 湖

夜初,未名小湖跏趺而坐,颇具涅槃之姿
宝蓝天风挟裹湖水的印记直扑昼夜的居所
万千繁华和一色余焰躺在濒岸的礁石下
粼粼闪烁——未名湖
你模糊的低语,扰动沉落的白昼

舟

那些炮舰般的柳叶舟上,每双手都仿若
移动的炮管,一轮轮地发射银练般的炮弹
命中的声音,在尘埃洗尽的深处回响
只有我们的柳叶舟,像一枚柔和的弦月
潜行,桨声在我们时断时续的对话中欸乃
这一刻,我们是少数,却又归属于多数


潮

潮音细琐,离我而去。苍山顶溢出
浓稠的羊奶,落日归家。对岸的古城
像极了记忆中的一本书。我似苍白背景上
静止的一粒色素。凌虚而起的你,若光雕定格
被召唤的万千游鱼整齐划一向彼岸而游

城

核酸检测点像古老城郭似的,炙热而沧桑
护士姑娘疲惫的双眼穿透密密实实的防护装备
像钻石清凉、闪亮。迷迭香般的古城记忆
在回收的眼光中变迁:洋人街上淘金的外国人
被本土新生的山风刮走,小粒咖啡与普洱熟茶
被萃取融合,一条自力更生的泰迪安静地
招揽游客扫描二维码、购买棒棒糖
……似鸣笛的变迁,与古城长相厮守

## 甬道中的面壁者

从那里进入。狭窄的甬道
像城市中的自来水管道。
被阳光遗弃的味道孤独潜行。
偶有闪烁的金芒,像游鱼
消失在虚弱的前方。

呼吸的重量,轻如羽毛
滞留其外的旅程
忽明忽暗。太白求道
子美怀仁,东坡浴佛
好多雕像忽然出现。

离开主体的意识
在甬道里起起伏伏
仿佛张开双翅的苍鹰
在天空游荡。旁观者
穿越灰白的丛林而来。

似蝉鸣的节拍
像静水一样的音高
单调地飘荡在空旷的黑色森林里
寻找宿主,像电磁波在空气中
传递,寻觅某种接收自己的终端。

紧闭的闸门,厚实而沉重
外侧积满灰尘,内侧散发光洁而平静的
威压,没有可以逃逸出去的存在
或者自行消散,或者吞噬封装
唯一的出口等待被打开。

主宰这里的力量
也许会虚弱,也许会转移
但从不曾消失。
它静默地生长、壮大
像一个永远的面壁者。

# 问　答

夜色竖起等深的窗镜
明光和暗调悬浮于外
面目模糊的我
像阳光下失去声音的
斜影，用雾霭般的
唇语传递讯息。

兀立于后的峭壁
平整在前的旷野
正在梳洗的晦暗花颜
从对面黑暗中透射而来的
离散光芒……
看不清的是自己。

我想起白衣如雪的你
心空绝尘，云游在
唐时的山林街巷
你问，你答，讲了许多话

那最紧要的一句
你要向谁说？

# 堡　垒

看这群线上的人。语言
正通过他们的血管渗入城市
清寂的街巷面容肃穆，留下一片
列阵的光影。被阻击的病毒
苍白地掠过，濒临破碎
失去的自由连接在广阔的
数字世界中，像光
把城市与我们筑成堡垒。

# 静　止

静止，像远空的星子
在被观测的时刻，停留
于某个位置。旋转
——叠加态，用入定的姿势
在四维空间向万物散发
弱相互作用。但万物自由
以各得其所的粒子态，或生或死
并不掀起波澜。

从城市的视野中
消失，仿佛嵌入内墙的钢筋
隐没在同样静止的大楼里
藏身在乌云遮挡的星群中
于是，他踩下灰白皮卡的油门
助某种意念突破音障。

失去目标的量子
衰减在静止的时空

潜冰浮显于逐渐沸腾清澈的
汤水中。他翻手捏印
在一段段将逝的碎片中发问
下一个被观测的位置
在哪里?

## 单维的存在

像大树往深里扎根
时间之外的单维空间里
它不受限制地生长
从久远的土层横渡而来。

仿佛一见钟情那样稀缺
风暴涌起,堤坝溃决
黑暗中醒来的,是在梦里
也清晰可辨的心跳。

## 读与解

铠甲解去,文字燃烧
高频的蓝色箭光没入。流水
并无固定形态,通透如虚无
绿藻,在透明里漂荡

握住笔。在书页的边缘耕作
颗颗种子被播下,红土的吟唱
低沉悦耳。次日将重启的
昼夜之轮,随舟楫起伏。

## 交响的成都

在木芙蓉盛开的零公里处
城市在水墨中,交响着推衍
自由选择。三星堆的青铜
从悬挂的太阳神鸟中
看见彼岸。

时间被凤凰涅槃的火光
占据。木芙蓉凝固成
白玉一样的雕塑。城市交响着
推衍,在太阳神鸟的注视下
通向彼岸。

## 念头与英雄

念头,时间的朋友
熙攘着将逝,它的下面是流水
每一个,都似一朵花
落下去随波
漂走

不可再现的生活
在念头转换的地方
呼吸。我们被种植在
它的节律里,擂鼓而进
像史籍中的英雄

# 投 掷

把自己从过去投向现在
像一座桥从此岸架往彼岸
河谷里不舍昼夜的流波
冲刷坚硬的块垒,在
丰饶和枯萎的现实之间
循环演进,直到我们

再次投出自己
循着风雨之后彩虹的方向
一次,又一次
一个地点,又一个地点
我们不知道什么时候才能
停下,直到蓦然抵达的
那一刻

## 多么畅快

解封后他走向铁门
钢花四溅。
按下暂停键的时候
他们各自居家
楼房把沉默凝固成夜
他像迷途的飞蛾在盘旋。

共享单车从眼前掠过
他们都挺直了背脊用劲
多么畅快!
——所有情绪都像山野的
飞鸟,他微笑着联想。

箭离开弓弦奔向未来
在空气中划出呼啸的轨迹
摆脱束缚的旅程
多么畅快!
他们都挺直了背脊
用劲。

## 白　菊

清莹而沉痛的
白菊。爱和怀念的
甲胄护佑你横渡
火炬般的蕊群一旦点亮
最美好的期盼
或将成真

多么虔敬的托付
白菊，一丝不苟地
列队而进，任那
幽暗炙热的烈火
燃透甲胄，也要撕裂
浓稠的浆液，追光向上

从我们俯身那一刻起
白菊，如恒星之重
引领真实的能量
在爱和怀念的星空里

# 闪　烁

古路的尽极
满满的岩浆与热浪
深入的考验
在开凿后启动，暗红色的

门。雷电包裹着狻猊
对决零零散散的暗示
昔日荣光的遗蜕
依然强大，光华灿灿
盘坐的符文，排列成
深邃的甬道，坚固，不朽
连接未知之地。漫长的
跨越，即使时间也堆满沧桑

驾着青铜穿梭
在成片的空间镜面
仿佛无法停顿的血流
微弱的坐标遥遥闪烁

# 刺梨果

如潮涌
一个浪接一个浪地
打过来。浸泡于其中的
人,像蜷曲起来
尚未脱离母体的婴孩

风吹不动身体
却可以吹走一缕分神
她们越飞越远,悬于山巅
之上。一半白如棉花
另一半蓝如最深的海

远去的还有叽叽喳喳的
鸟。定与静化作
一丛刺梨的果子
从晨跑后的膝关节里
落下,然后被随风含服

## 我透明如光

——青海纪行


一

湖光在五十米外
醉倒
陪饮的花花草草又能怎样
马和牦牛不知所终
我们迟到了,只有
一轮恍惚的白月亮还在那里
自斟自饮,随手递来一碗
天蓝色的
青稞酒


二

海拔三千二百米
我想起自己的承诺:
跑过去过的

湖光惺忪在青草尖上
淡蓝的空气，裹着
一只蜗牛，跋涉过荒芜沙丘
和灿烂花海后

赶在阳光丈量湖畔公路前
与我　偶遇


　　　三

映在湖里
我透明如光
湟鱼结伴穿梭，来去自如
它们呼吸我和水

来过一次
就化身为湖的七百亿分之一

无人处，一群青铜光泽的水鸟
湿淋淋地飞起
自由巡航


　　四

无数年了，大青盐渍着水
徒劳地在群山间行走
它苍白的脸被称为"天空之镜"
海是苍凉而稀薄的
回忆。一些盐燃烧自己
在河床上蚀出黑森森的创口
一些盐自我放逐
在铁轨下长久地负重静默
人们来来往往。茶卡
流行
红裙子

五

七月的草原
自由自在
牛羊低头倾听
草丛里无量野花诵经的莲音
湖躺在那里,浩大的气息
充塞这片草原的每个角落
我们穿行其中
像经幡间飘拂的风


六

走近青海湖
抽空读一位朋友
他追着我的脚步,发过来
一次圣洁的邂逅

那是他的皈依之所、安放之处
我去看清晨的湖
迷离梦中醒来的湖水
冲上滩头，扯着她的耳朵
我一字不落地重复朋友的诗句


  七

夜
冠军侯的铁骑滑过
环首刀锋芒毕露。从此：
西出阳关有故人
东望长安不尽愁

俄堡咽了几声秦腔，雪月
在驼铃声中闪烁
太白举酒，摩诘持旌

祁连山，祁连山
雪峰映着草原，相望两不倦

风
从扁都峡吹过
饱经沧桑的石头依然面无表情
青春的牧草却已翩翩起舞
我们穿行在唐蕃古道

# 谁把海给了我

## —— 青岛烟台纪行

### 信号山

航海时代伊始的
信号旗语在山顶曲廊的
白色墙壁上,向着西北方向
眺望,时而嗅着
"航海博物馆"调制的
咖啡香气陷入沉思

那座
名唤总督楼旧址博物馆的建筑
常用金属般的语调
找他说话,他亲历的故事
已被雕刻在那段火炬般的
时光背景里

一条漫游于此的鲅
它的鳍在海面上

闪烁成一柄银色的长剑

对着信号山,它

不由自主地高高跃出


  栈　桥


侧风,逆风,顺风

像一面旗,被吹拂着

向南,又向东

向北,再向东


栈桥在那里,吹落

一阵雨。强风吹拂下的

旗,湿漉漉挂在路边背风的

旗杆上,一角缠住回澜阁

一角搭住中山路教堂的

尖顶,听琴

那把琴,与已知的时光
同岁。她的声音潮涌而至
带着清新的,深蓝的咸


  烟台山的灯塔

如果远眺累了
你就垂下头,与比邻的
烽火台、龙王庙、忠烈祠
谈古论今,或者
你们一起去到纪念碑前
在"你们是来自人民属于人民
为了人民"的碑文前肃立凭吊
有时,你也去那些不请自来的
欧美客人留下的老房子里坐坐
你尤其喜欢7号老屋咖啡馆
(始建于1864年,原美领馆)

无论如何,你总是记得
最初的那个时刻:海面的涟漪
一点点占据你的眼眸
四面八方的风从树梢刮过来
矗立的你,成为水手们的方向


  所城里的某一刻

隔了六百年
奇山所守御千户端起一碗酒
缓缓递过来。他打量着我
仿佛面对这里的第一任千户

我也好奇地打量他
以及他身后"屡靖海患"的匾额
那是戚继光的手迹。他来过这里
登州卫,奇山所……我这样看着

这碗酒里的火渐渐燃成

坚硬的铅字

所有的时空都被

储存在某种介质里,打开

需要机缘。就像此刻

所城里大街上清寂的晨光

干爽的蓝,甜美的白

自由的高飞的群鸟

……不断远去的我

## 蓬莱阁边的墨云

天空有墨。海鸥群翔

正好由它们双翅切割的

墨痕,一眼千念地品味

不同的器
不同的文法
不同的感与念
他们之间
或如黄海与渤海


墨色之上,藏了另一面海
他们可曾去过?我想起
一些文字,洁净,卑微,向往
像墨云下矫健的海鸥


## 长岛之海

岸边,玻璃一样涌起
婴孩肌肤般的海
她们此起彼伏的叹息
在无量的鹅卵石上生根

忍不住,放下此间的念想
走进去,像一颗
半露于外的鹅卵石

好凉。那种感觉自胫骨
髌骨,股骨盘旋而上
直冲发际,力如顿悟
哦!谁把海给了我
我又把自己给了谁

四周是喧闹的,更是
静寂的

# 归 野

野山之野
仿佛夕阳底下打坐的艾
湖水的涟漪没有方向
苔藓般的刃口,各自停顿在
握不住的水面上

蝴蝶彩色的双翅
夜一般纯静
停歇在凝脂一样的花瓣上
散发比假期还自我的气息
像肺里吐出的青烟

只一帧含笑的照片
可以沉没在寡淡的茶水中
诵经,为一碟即将被采摘烹调的
水芹菜

# 蝉 鸣

从黑暗潮湿的土层里
涌起浪花一朵朵
在眼睑和耳鼓筑起的
堤坝外,密密麻麻地持斋
打醮,度化

旧你,那些默伏于口器
成形之前千百倍
于此刻的时间。

对面,听蝉山庄头顶着
莫测高深的蓝天
丛林之水,白晃晃侍于侧
又歌又舞。劳动节前后的阳光

被描摹入蝉鸣的
宏大符文里,用滚烫的
微风,炙烤从阴湿天气里

次生而来的霉点。

柔软的皮肤因此而像
大地一样叹息。

## 外公的话

插秧如绣天
外公和我俯身把线
天碎的声音,一层层涟漪
冰冷的吮吸
惊得我丢针上岸
外公却欢喜,伸掌
震落这欢腾的小东西,笑言:
别怕啊,晒干了
活血,散瘀,通经。
掌心有汗,水光
牵着外公的影子

# 故 乡

林子栖息在半岛

故乡和我之间

寂静华美,所有人

都匆匆赶路,衣襟生风

背影纯净

夏天,阳光与叶面追逐

冬天,积雪于风中旋转

我常常去那里

有时带着鸟鸣

有时带着车声

## 荒芜的忧郁

走出去的路,宽了十倍
披挂重铠,冷冷地对峙
荒芜军阵。骑射的铁塔勒马开弓
漫天箭矢射穿一座村子的苍凉
大榕树守住村头

荒芜很忧郁。它看见月儿和星子
在炊烟袅袅的屋檐上弹木吉他
它听见不老的田园牧歌
在远游的记忆和故乡的土层中呢喃

## 回　家

向东的坡地。凉风习习
静谧映着它的气息,鱼儿
从它的妆镜里探出头
坐在那里,就是回家

抽烟,也给那头沉积岩的
背脊点一支。它让我
躺上去,我们一起

养神。缤纷的颜色不再
所有的溪河都在咏叹:
我,与他,与时间……

# 逝　乡

我们总是在怀念
消逝在岁月中的家乡
那时的蓝天白云
那时的夏雨冬霜
那时的纯粹质朴
那时的欢喜忧伤

有时，家乡分外模糊
人去，物非，天地虚无空旷
岁月如蚀，思维的笔画斑驳脱落
唯有情感残魂清晰飘荡

有时，家乡尽是碎片
东岭，西坡，风景支离堂皇
岁月如刀，记忆的幕布碎裂散失
唯凭真挚丝带串联流淌

有时，家乡全靠想象

老檐,新梁,故事连贯明亮
岁月如墨,牵挂的心思渲染勾连
唯凭生长能量不羁流浪

家乡是用来怀念的
不怀念,无家乡
我们把自己浅吟低诵
而背景,是怀念着的家乡

## 寂静的微笑

坐在褐色山梁上
就着落日的余晖
喝酒,听琴

群山环绕,沟壑幽深
青石板路盘旋而下
稻花鱼探出头来
一口把暮色饮尽

蛙鸣像星辰般铺展开
旱烟锅滋滋闪烁的香味
随风而至。我靠着你
迷迷糊糊地欲眠

困了,睡吧
你对我说。你也开始抽烟
而我,则在沉睡前的寂静中
甜甜微笑

## 流水照见的面孔


我常常想起那条小河
以及水中天真无邪的我

那条河一直伴着我
在日益喧嚣繁华的都市
她饱经沧桑
却依然清澈见底

即使再过四十年
我也会清晰记得
那些各种颜色的小石头
在河床上光华闪烁

有时我试图还原
某次暴雨后泛滥改道的她
然而汩汩长存的,仍如最初

有时我忍不住嘲笑自己

想她，就应去看她
看看流水照见的面孔
是否还能如我所愿

## 老屋及其联想

老屋是一把大椅子
卧房和堂屋为椅背,一楼一底
灶房与杂物室,牲畜圈分列左右
种了梨树、桃树、柚树的
院子是椅面

儿时太小
只知爬来爬去玩闹
长大太钝
只知眺望炊烟发呆

现在,我忽然醒悟:
坐上椅子,深深地呼吸
鸟语花香,舀一壶
清鲜的河水煮茶,对着红土垒成的
茶几吐烟圈……

自在,肃穆,威严

似巨人

刚被家乡的土地种出来

## 冬眠的村庄

一坡白茫茫的屋檐
在瑟缩的炊烟中炼体,打坐
寒风掠过,雪粒起飞
残缺的脚印瘦成线
裂开的冰缝,像闪电烙下的痕
夜色若铁,蜡梅悬于半天
若隐若现地闪烁。灶坑旁伏着
取暖的老狗。柴火涩涩地叹息
围坐于鼎罐边的人,喝酒闻香
……冬眠的村庄,凛冽又温暖
孩子们蹈冰踏雪,坚守阵地
红通通的太阳
一炉烧在脚下,一束亮在心口
书声琅琅,天地合鸣
冬眠的村庄在时间之弦上
移动,向后,然后向前……
酉水拍浪的声音,白色风帆
竭力鼓起,停泊的我起伏不定

# 枕着故乡入定

在故乡的山梁上,看日出,听晚风
心如云朵,发皆春草
指掌之间流淌不尽的天籁
轻绕。虫豸于瓜果下萌动
鱼鳅在稻田中嬉戏。隔着时光隧道
记忆如水,无声涌起
所有的细节同时呈现,占领
我。枕着故乡入定。呼吸之间
月盈月亏,花开花落……
沧桑的风挣扎着从皮肤里
战栗而出。时间滞停在虚空里献祭
我被放逐到记忆的深海中

# 除 夕

仿佛灰烬里蹿出的一星火
想起,旧年夜的我
以及从那里延伸出来的
雪路

再一次沉溺
再一次醒来
路的尽头是寂静的雾气
有些悸动
微弱而不同寻常

我想起一些
点燃灰烬的可能
仿佛正在陪伴我的
这个年夜

## 星空之下

谁在星空里回忆
忘记了我们的约定
今天下午的时间
是此刻遗落在湖面的星光

可惜,欢乐早已腐朽在
一片凋零的秋叶上
我们和你们之间
系着两条生锈的铁锁链

就这样吧。孩子们正在倾听
一滴水的秘密
他们两颊潮红,目光专注

不再追问你是谁。我们
挽着满天星光,安静地
在孩子们的注视下破土而出

# 上灯（外四首）

为你点一盏灯
归来时
用来照亮前方的路
就像母亲
为晚归的人
留一盏长明的灯


## 吞　噬

黑洞可以吞噬光
还能够吞噬
吞噬自身
黑洞，是无解的存在

而我，正在被吞噬

问　题

为什么有不言的桃李
为什么有到死的春蚕
为什么有浑不怕的石灰
为什么有烧不尽的野草
为什么有不要人夸的墨梅

为什么？


溯　源

即将
死在一滴眼泪里
病毒为我默哀
其实，它也是为自己
默哀

## 无 量

早晨,鸟鸣声尤其洪大
昼夜交替之后,它们协力
为光明唱一支祝福的歌
大千世界的无数颜色
开始互相印证

## 逃离的我们

一条枯萎的大河附近
我们点燃篝火
除了温暖,空气里
还缭绕着油脂的焦香

银制的酒壶在手中传递
浅浅地抿一口,望着星空
说笑。但我们只是离家出走的

小孩!想着逃离
模仿那些传奇来到这里
我们望着星空消失的远方

## 旋涡中的我们

时间被凌迟
空间同时折叠
隔窗而望的风中
红背蜘蛛在织网
拍岸惊涛的脚步声
震耳欲聋
……我们想要离去
却被此刻的意象按住
更远的地方
天穹缓缓竖起
月儿和星子被抛离出来
……我们渴望逃离
却被突发的悲怆击倒
那巨大的旋涡
会把我们带往何处

## 星子一样沉静的

天穹之下,他像星子那样
沉静,莹黄的思绪似瓦面之风

另一片星空自身体里浮现
暖色的云朵倒映在清澈湖水中
有节奏地呼吸
一条大河,蜿蜒,隐秘
悬挂的水流波澜不惊,保持安静
如琥珀那样黏稠的水滴
比雪山初涌的清流和他投射其中的
影子更通透
空气般通透,虚无的通透
同他坐着凝望的那片天穹的
深邃,遥相呼应

模糊的形象无意义地
闪烁,跳跃
像微风中叶面反射的阳光

随机蔓延,无序列阵
错落而蹒跚地前行
撒向无路的深处
偶有被留滞的一队
停在那里无声地呐喊
被你铭记的口型
像书写在史籍中的文字

铁灰色的温度
从一撇一捺的檐面交叉处
钻上来。除你之外
还有烟火色,风雨声
以及昼夜之光
轮番经过。残留的痕迹
可像盐粒那样
被萃取

天穹之上,星子像他那样

坐着,平缓的呼吸似起伏的浪花
不能停歇

## 被洗礼的海

他听见海浪拍打在
礁石上的声音,无休无止的
疼痛的声音;一座大洋的水滴
来了又去,把自己一次次
摔碎的声音

有容乃大的海,每滴水珠
都会涌到岸边接受礁石洗礼
那样的声音,通常被
各种情绪的词汇记录与形容
于他而言,无异于被凌迟的痛苦

鱼儿被多么温柔地
包裹着啊。它们穿梭其中
生老病死的信息被解构
成盐分的一种,溶进海的
生物成分里。也许只有海量的水
才能完成这种转化

初融的雪,蜿蜒的
溪,清澈的小河与奔腾的
大江,它们尝试未果后
在入海的时刻才得以豁然贯通

月儿被多么恬静地
呵护着啊。海上生起明月
阴晴圆缺的差异被传递
到四面八方,无量情感之力
在水滴的闪烁流动里汇聚
也许只有无尽的水
才能在这些信念的冲刷中
腾挪。而这具行走的
躯壳,只能在逼仄的光阴角落里
舔着崩溃的伤口

还有事关千山万壑的跋涉
始之于化形之苦的跋涉

烈日之曝,霜雪之禁
泥沙之侵,毒污之染
作为目的地的海,有容乃大的海
也必须在无休止的被打碎中
重组　升华

他听见,声音从被海浪
拍打的礁石上传来
活泼,错落
像活着的心跳

## 在锯口般的裂缝中


于沉眠的边缘,强行把自己
唤醒,仿佛一根松弛的线
猛地被外力拉紧,崩断

只能是他,佝偻着
面对一座大山
以缀满星子的笔
以在米粒上雕刻的
专注描摹。笔画的意义
像沉重的眼睑挣扎着
在稚嫩的肌肉上
刻下沙粒一样的凹凸

大山轰鸣,带着腑脏的
温度与向下扎根的岩石的
厚重,绵绵不绝地传来

还没有完成的他

即将被温暖的黑夜覆盖
而威严的大山将喷发
火焰,炙得他无处可逃
那些受戒的神经递质
在灰白的冰面上无所事事地
徜徉,突发的险情
使他们像受惊的光一样
击穿冰面

将包裹在大山气息中的他
放逐在泥泞的雨夜中
从漆黑的锯口般的时间裂缝中消逝

从那时起,在失落的世界之外
他孑然独行。像峻拔的盐粒
他们之间发光起渍,不可或缺

偶然如此刻,失落世界的

多巴胺寒光一闪，切断
黑沉沉的禁锢。他退出来
凝视着消逝的刃口
叹息

## 致加缪

只有通过足球,我才能了解人及人的灵魂。

——加缪

天堂有支梦之队
你是守门员
圆石球一次次被踢到前场
又被踢回来。这场比赛前
你折过腿,从没想过
会再一次据守门线

你是梦之队的守门员
你阅读着比赛

伟大的"小鸟"
跛足的天才,闪电般地盘带、突破
同样伟大的"黑豹"
接应着小鸟,三次射门都很刁钻
然而他们面对"八爪鱼"

次次都无功而返

普斯卡什,迪·斯蒂法诺
联袂,凌厉的反击轮番上演
你呀你,心惊胆战
站在梦之队的球门前
倍感无力,却又屹立如山

谁也无法杀死比赛
谁也不知终场时刻
你是梦之队的守门员
回防,回防!
面对进攻你大声呼唤

跑起来,跑起来
场边的米歇尔斯咆哮着呐喊
跑起来,跑起来
坚持到最后才能加冕

你已精疲力尽
你仍屹立如山

## 山顶的融没

我牵着它冰凉的手
俯瞰这座城市的黄昏
山涛掠过,带走我汗漉漉的体温
柔软它坚硬的剪影

我试着把自己变成一片叶子
成为山涛的一部分
在宛转的夕照中翻转
感受光的坍塌和风的弹拨

闭上眼睛
远方的城市,头顶的星空
点点灯火密布在眼睑内
阵阵星云低鸣在额头里

此时:
没有什么需要被感受
也没有什么值得去感受
我们融没于夜色

## 落叶纪念碑

在风口上飘
飘得越久,身子越沉
落向哪里,也由不得我

如此地轻,如此地薄
告别的声音和抵达的声音
与一滴水跌入大海时一模一样

只有那棵树还会打着寒噤述说往事
它是我们的纪念碑
只要它活着
我们将一次次重生

## 陷落与走出

寒风的影子渲染过城市
寂静的夜,喧闹的昼
空气中凝结着日渐冰冷的浅银色的光
铁灰色的街巷热气消散

江畔的枯叶又被折下一片
飘飘荡荡地落于凝滞的水面
它们朽败的肌骨将在背井离乡中
坍塌为沉默的泥沙……

此刻,节奏与文字
总是覆盖着忧郁的色调
(即使经历了那么多霜雪中的凋零)
而我,又要多久
才能从呼喊的泥沼中走出

## 素 描

把五颜六色春天的下午
放进一杯散发金黄气味的咖啡
而你,在银月一样的远方
凝视我们,不知名的音乐
钻进轻微发烫的脊

我们坐在离散的
缕缕春风中等待你到来
抬头看见你天蓝色的
呼吸,低头看见你
坚硬的骨影

似有似无的诵经声
在角落闪烁,明黄袈裟
荧荧发光。苦涩微甜的
淡淡芬芳时而绽放
时间停止,像一幅画

## 栀子花虽然枯萎

夜不寂寞
只要我们中有一个还在
哪怕一滴水

夜曾经托梦于我：
一种纯粹到极致的颜色
浓稠地铺展开
除了意识，再无其他
甚至连哭泣都被隔离在外

直到梦境崩坏
直到眼泪醒来，我
跑到天台上。那里
栀子花正在枯萎……

## 惹人羡慕的猫

凌晨,我遇见一只猫
坐在地上,挡住破晓的晨光
身姿挺拔神圣
神情泰然自若
不像其他猫
随时准备夹着尾巴远遁

我想起遇见过的另一只猫
在街角的昏黄夜灯下发呆
察觉我闲步迫近
横着向卷帘门走两步
掉头又向街面走两步
侧头看我一眼,顺着我去的方向
仓皇跑掉

凌晨一定含有混沌初开的因子
就像夜幕包含世界寂灭的讯息

我羡慕凌晨那只猫

## 只有声音是自由的

18点27分,高速隧道出口
我们像一节破损香肠里的肉丁
挂在皮囊上
被噼里啪啦的柴烟
熏得皲裂

星子不愿闻这里的味道
躲起来了,掩耳盗铃

手机披上满格信号的伪装
归心似箭,却被看穿

我一段又一段地
向火坑里添加香樟木
熏着香,还忘不了
向朋友们兜售这廉价的香肠

# 五 月

读了一天的诗
闭目,眉心有茧动
五月最忙乱的日子过后
却写不出一个字

闷!
所有的意象都隐藏在
那只流浪的茧中

时间在天台上打盹
缀着二十一颗星子
没有比忘记更好的眠休
那只茧也一样

## 天蓝的种子

如遇衔枚疾行的军阵
好梦碎了一地,惊醒的
城墙在兵甲骤止的晓色中沉吟
嘲笑在那里站立的
如一株野花般怯弱的
终将融归于混沌中的我
忽然,有灰白的剑芒
一闪而逝,往劈开的混沌里
带去一粒天蓝的种子

## 哪里在哪里

忧伤,是弥漫全身的喜悦
喜悦,是隐伏骨髓的忧伤

哪里有这样的力量
可以让忧伤永不停歇地流淌

哪里有这样的坚强
可以使喜悦不舍昼夜地芬芳

## 把自己酿成酒

来到遵义
我用烤制酱酒的工艺
把自己酿成一坛酒

告别遵义
我决定早晚各饮一次
早酒把沉睡唤醒
夜酒把轻尘涤净

至于杯子嘛,我已经想好了
就用那支镶满银饰的牛角

## 点燃光阴

二十万支香烟已抽光
被解剖之前
什么痕迹都没有

一种不被需要的需要
每抽一口,都感受到
被侵略,被殖民,被损害

又点燃一支烟
抖着烟灰
丈量时间

# 鸽子花下

好像鸽子花

每次的绽放都为了讲述

光阴的故事

这古老而高贵的

存在,垂下淡绿的双翼

飞越无尽的岁月

我们的历史

在她们面前不值一提

阳光穿过她们

落在我身上,这一刻

我仿佛焦急的

小孩

## 旅行的味道

坐上高铁,时间
加速奔跑;
冲上云霄,大地
一览无余。
部分的我已远离。
一杯黑咖啡
在温暖的阳光里与下午的花香
互相成全。
打开你说的旅行
我像鼓浪屿的猫。

# 归　途

我想起另一群鸟儿
它们既不飞高也不飞远
啼白我的窗又啼黑我的衣
它们的居处就在我的归处
阳光仍带露草
道路满载疾风
后视镜里飞驰的寂静
没有尽头

## 倒　影

时间在肌肤上流成河
我深藏其中
空鸣的枝，捞起的月
时不时硌一下
成浪花，或漩涡
一闪而逝。岸畔的倒影
仍在明亮的光线下
我，如鱼

## 思考的莲

干燥的眼角
一池莲在暮色中思考
阴影的变化
我们是某类诡异的变量
隐藏不见
或者三两漂浮而过
还总是发出
有别于鸟语的奇怪
声音

# 雨 夜

四种乐器整夜合奏
我是空洞的,在一架琴的
内壁被单调的纹理包裹
急促的,沉实的鼓点
宏阔无边,田野缤纷的色彩
无声无息。等到
破晓的风摇曳一支格桑花
呢喃和羽衣拂动的弦音
扑面而来,我轻披晨光
浮成一支斑驳的
竹笛

## 青春印象

小暑前后，柚园葱茏
孩子们青涩地东躲西藏
夕雾如水
清脆的鸟鸣也如水
湿润的青春弥漫
他托起一只拳头大小的蜜柚
说起春天若雪的花
我唯有轻轻闻过去
摹下此刻如玉的色

## 跑向空白

在四尺宣纸中
跑步,空白升起
余类消散。一种声音
咚嗯咚嚓咚咚嚓咚咚嚓咚哼
打不破空白。一种温度
晶莹,微咸
用花开的音调渗渍
化不尽空白。跑不出来
我对着外面微笑

## 在呼吸中放空

绝大多数时候,呼吸
于意识之空白
阴晴与圆缺,冷暖与黑白
越被浓墨重彩意识的
越远离本质
放松,想象自己
如静水,如空山
如霜雪中一枝怒放的梅
悠长地对着一扇窗
只有呼吸

# 梦与失眠

梦
从潜意识最底层的大洋中升起
于意识门外
披上光怪陆离的外衣
敲门而进
失眠
每个毛孔都长出黑眼睛
夜被黑照亮,纤毫毕现
蟑螂不顾一切
吞下觅食的冲动
而我,只剩一窗清醒的
月色

# 蛰 伏

月华凝固成一池水
无边无际的不是草原
是凉爽轻盈的夜纱
若有若无的不是甜蜜
是拂晓蛰伏的花瓣

# 春 分

每一滴应运而生的泪珠
晶莹映射
的世界,简约,幽静
从你的脸庞
到我的颊边。团圆的喜悦
在枯瘦的枝下和寂寥的叶边
饱满,温柔

## 时间的皱纹

时间的皱纹,爬上额头。
世界,已在光速之外
坍塌,唯有寂灭与黑暗
伴随。谁能够逃出去
倾听:彼世的喧嚣与浮华?

# 海 鸟

只有一叶浪边的舟
不止一把舟边的浪
其他的都混沌,其他的都翻覆
联翩的海鸟醉成纸
无量的酒,看得见饮不着的愁
还有比这更孤独的飞翔吗?

# 补 夜

夜碎了！
嗥叫的风把它射成刺猬
青蛙像个勇士
吞咽着风雨
想把夜补回平常的模样

# 作　别

夜雨浥掉的
梦醒后不动声色地重新落下
作别寂寞的风雨
除了饮下这杯浊酒
还许下一个重逢的心愿

## 老巷子

无论宽窄

巷子里的新檐旧瓦

都独立特行地怀旧

剧场门楣下揽客的花旦

眼波里藏着一面忧郁的湖

潋滟我心

## 汤　圆

那只叫汤圆的兔子

（儿子养的宠物）

不用考试

它伏地参禅，自成一派

度己亦度人


烂柯一梦，时间涅槃

夜雨在汤圆的沉默中滴成一片

## 瀑布舔过阳光

既已奔涌而下
就不怕被峭壁割碎
就不怕狠狠拍进水面
　　摔成另外的样子

光芒坍塌
逃逸的热量像被抽离的漩涡
无数眼睛在旋转中眨动
精灵一样

## 后来的蜘蛛

一只受惊的蜘蛛
在后视镜上战战兢兢
最初的瞬间,我诧异
从哪里冒出来的它
我看着它,它也瞪着我
或者迷惑,或者颤抖
直到它在孩子的召唤声中
奋力跳走,却不幸
被一只空瓶子收取
沦为孩子快乐的养料
之后,我专心于开车
渐渐忘了它
现在,我很想问问孩子
那只蜘蛛,后来究竟怎样了

## 折 叠

一

时间在青铜立人的盘髻上唱歌
巫或者王的蜀,用一千年隐匿
两千年修炼,七十年涅槃
天府立交献祭太阳神鸟
老了三千岁的金乌
一眼瞅着史官冷笑
另一眼对诗人不吝微笑
史,流着写
诗,想着看。

二

青鸟振翅,穿梭三千年的蜀界
有别于居高临下、不食人间烟火的
金乌

它甚至为活着的青铜传过书
千古山川薄成纸
风流人物几个字
科甲巷的妹子托书给禹
相约在古泸阳的土层中
喝酒。

三

特斯拉正寻觅
马祖
随波还是立地，是个问题
在什邡，太白和放翁嗑着瓜子
等一肴——钓自唤鱼池的青鱼
那是东坡青年的玩笑
老年的他正亲手烹杀之
马祖坐在旁边
看庐山烟雨，鸿飞东西。

## 春的重量

松针在掌心刺探残冬的坟墓
痛的倾斜度远大于掌纹凹坑的角度
此刻,春天的重量仍轻于一支芦苇
却让人窥见时间伤痕十四天的血迹

对应的我苍白如纸。只能想象
几个又冷又硬的词,在旧院火坑的鼎罐里
被潮湿的柴火煮沸,连同烟子熏过的
空气一起咽下去

## 呦呦鹿鸣

现在,就是现在
我想写首诗
为跑过去的这群野鹿
但我只听见它们越来越快的足音
时间竖起耳朵,自我正在消失
骨殖上刻字的声音,钝刀
裁纸似的,一下一下
沉痛,滞塞,锯齿状响起的
又像蒲公英般飘散。你听不准
这些字,反而,呦呦鹿鸣
清晰地传来

## 哪里的柳

你,垂头梳妆
春光凝固,绿了一帘河风
若只如此,也就罢了
有些声音油然而发。可是
河面仍冻住,枯草犹倒伏
乌青的云在涂鸦
一只孤独的鹭,瑟缩于角落饮泣
……傲雪红梅对着你

## 扔出去再说

狠狠扔出去一只
叠好的蛤蟆。在寒露渐起的时节
或许,它能在某个潮湿温暖的
角落越冬,下一个春天回来
或许,再也看不见
它

## 每夜告别的朋友

城市的烟火
消失在城市的灯火里
几个小时后,夜的颜色
将是我们唯一的朋友
而你,朝我们走来

从灯火的尽头。你是任性的
可名可非名,带有我们
自己的气息。你审视着我们
直到,转动了一百八十度的
夜色,告别这天空尽头的苍白

## 一种体验的隐喻

半夜
那盏灯亮了
照亮我

正午
那种光消散了
融于我

仿佛立春之后的
雨水,碎在痉挛的泥土里

# 门　内

城市渐没，身体和心灵
栖于归处。市井之声隐于门外

仿佛夏天在儿时的大河
嬉戏，群山迤逦，流水清暖
如果阳光明亮一点
被藏匿的白石头就将化为
一双游鱼的眼睛

仿佛松涛在禅居的大山
飞翔，雾霭环绕，群鸟缄言
假如经文空旷几分
被护持的红照壁就将滚落
几滴青莲的珠泪

一缕花香
落上将饮的茶盏，唤醒内心
像是春气惊萌了百虫

# 秋　语

秋风读取记忆的竹简

吹去尘土和风霜

坚实的大地，金黄一片

疏朗的天空，光华闪烁

明亮，缓慢，带着淡淡的柔美甜香

那些古朴的文字，踏着青石板路

山一程水一程地走来

此刻，庚子年的尾芒扫过

时间鸦雀无声，炭火优雅温暖

炽热光芒把越来越冷的空气

点亮。那些曾经的春花秋月

在薄如蝉翼的时光间隙中

列成兵阵，等待检阅

月光骑马去，雪花闻香来

那时的风无语凝噎

丰腴的荷，清瘦的梅，或者

还有飘逸的竹,在江水低沉的伴奏下
舞蹈。落霞翻过山冈
寂静,通透,纯净,一丛青涩的山棘
在苍白的日子里探险,逡巡在泥壁上
留下深深浅浅的血色印迹

也有时光尚未抵达的所在。那是
心安放的地方,饱满湿润的空气
洁净平和的阳光,茶香氤氲
孩子们笑若山泉,老人们眼含鲜花
所有的辎重都已扔下,身体如天籁般
鸣响,与停留的光阴,相融相洽

## 山里的自在

进山,走了很久的路
仿佛迷途的鸟,飞到
力竭,才寄栖在
雨夜长满苔藓
形如凤爪的一根枯枝上

坐在眼里,穿一根明黄丝线的针
密密柔柔地绣出
黑土里的蚯蚓
它们钻来钻去。随手抓一把
就可用作明天钓鱼的饵料

意识之下,隆起山丘的
两座幽深洞穴来来回回
只是刮风。地底暗河
波浪翻卷于礁石和彼岸之间

之外的世界
消失了

# 地平线上

除了呼吸
沉默而凝滞的空气
其他都奔涌进一具身体的洪流

除了轰鸣后
飘移的战栗和颠簸的视野
剩余都消融成一座世界的寂静

除了被交换的星辰,以及
暗藏的光华和枯黑的微风
活着的都蜷曲为一滴雪水的生命

沉睡时坠下,清醒后上升
与噙着曙光的地平线
反复交会

# 彼 岸

清晨掬一缕纯净
黄昏听一阵无邪
你把故乡的大河装入行囊
挽着我们
从荒芜沙漠来到华美都市
你朝彼岸扬帆
水天一色的我们
伏波而行
遥见那里静美如花

## 空镜头

当我沉睡时吸入的空气
变成你走来走去的一部分
当我在空旷的墙壁前
得见你留在夜间的影子
当有着你形状的衣物
被遗忘于我干爽的轻吻里
你我之间的不同,已无法
用时间之秤来衡量

停在眼中的泪,把你的脸颊
磨光。湿漉漉的星光
开始举着你吟唱

# 质 感

冰凉的飞尘，如刀匕
透衣而来，贴骨而凝
比早起的第一道风
更冷

空旷的街道瞬间
从寒战中清醒
触手可及的情绪
像霜露一样，鲜明，清澈

我想象自己脱掉跑鞋
在积雪的大地上赤足奔跑
嘎吱嘎吱的雪粒，让我明了
寒冷让大地分外结实
洁净使世界安于融化

# 玩 具

薄雾中悬浮着一枚蛋
真是奇怪

看不见的手
摸不着的线
隐藏起来的翅膀?

遥控器在旁边忍着笑
孩子们按下某个操控键
蛋壳裂开,伸展
持着圆盾的剑士,从天而降
如同出击前的猎豹
凝固在鞋子前的大地上

看着我恍然大悟
孩子们欢呼雀跃:
蛋开了,蛋开了
他们蹦蹦跳跳,又去寻找
下一个我

## 石头花

曾经
石头里蹦出一只猴子
它后来修成正果
得名"斗战胜佛"

现在
石头里开出一朵花
花瓣上刻着某种神秘的象形文字
谁也不认识
更无法模仿

很想去看看这朵花
把那些神秘的纹理烙在心底
用尘世的喜怒哀乐温养
直到衰朽,或者虚无

## 青蛙的跃出

我
似一只青蛙
住在井壁的中部
白天外出觅食
夜晚回家睡觉

月儿和星子常让我惊讶
虫鸣和鸟语常引发浮想
溪流的脉脉温情
晨光的闪转腾挪
那么遥远

似一只楼井中的
青蛙。告别钢铁森林的
冲动源自血脉,日益稀薄
放逐自己
在此刻的时间旋涡中
竭力跃出

## 透光层

阳光,通过不同角度折射进来
这温暖的透光层,蔚蓝的下午
我们在洋流中尽情游荡
追逐光线,呼吸云朵
躺在礁石堆里欣赏一朵花
随波逐流的开与落

我们避开吞噬光线的海域
那些长年在黑暗中生长的生物
不必引为同类
如果迫不得已潜入了微光层
便以决绝的姿势奋力上浮

我们沉湎,并希望
如鲸落那般,光之墓冢
落入我们坚硬的骨殖

# 如 同

如同拆封的鞭炮
如同沉甸甸的雨云

如同奏响的曲子
如同端起了这杯酒

如同这个年末
如同我

如同时间被磨成粉
和水吞服

# 寒 露

这滴寒露是我仅存的眼睛
十二月的晨光冰冷、纯粹
破开体温的铠甲，我
与空气已融为一片幽黑的薄纱
等待着，光明骑士的召唤

而你却选择沉默。如一个梦
我曾经打开在你面前，又满怀焦虑地
离开，在城市中面壁，于你的
吐纳里呼吸。跌入鸿毛
再吱吱呀呀地从温暖的绒膜间滑出

趴在风的边缘，光阴
正把自己埋进去，早起的车
疾驰如云朵。阳光敲门
草色将裸。晶莹的瞳子
藏在生机盎然的冰茎里，缓缓睁开

## 疼痛之后的感受（外五首）

疼。夜深寒
点上一支烟，苦
从头到脚。手术刀
在某个角落冷笑。车声
吵吵嚷嚷。坐不住
两个影子一前一后徘徊
它们的长度取决于路灯与我的距离


星子和月儿躲在云层里烤火
它们想打电话给我，却忘了号码
在吵闹的，凛冽的，灯火纷乱的
街面上，我一秒一秒地数时间
等待急诊检查报告，视野模糊

庚子年，如此艰难。新冠幽灵
仍在萦绕，它的同盟军则在暗夜里
扑中我。穿上自己的影子

我隐匿于街头,同一片远足而来的
银杏叶讨论,疼痛之后的感受


    静止的所在


躺在一片云朵上
禅唱般的手术须知俯视着
我。吸顶灯颜若白玉
浅蓝色帘幕如海湾般环绕
——这一刻,我静止下来


晚餐。要了鲫鱼汤,木耳肉片
白米饭,安心地吃了一次
因为我知道,即使遭遇烈性发作
我也会及时得到治疗,不像两天前
的深夜,在疼与等待中煎熬
恨不得与自己的影子干架

白衣战士行走如鹿,他们

如雪一样圣洁,如冰一样坚定

如水一样流淌,守护着我们

当意识痉挛于呼吸的疼痛时

又为我挂上三袋水。同室的病友

为我搭手取饭。入院的第一个晚上

窗外,灯火如常,伴我轻眠


### 如一个梦

迷迷糊糊在鼾声中起伏

"七床,给你抽血了"

睁眼看见你,撸起我的袖子

轻盈地操作器械,仿佛幼年时

外婆给我修指甲。"几点了?"

我一边按你的示意指压棉签

一边问。"五点半""好早哦"

## "我们,二十四小时都在"

是的,你们二十四小时都在
查体温,理床,输液,查房,手术
……你们的面容隐藏在口罩之后
我们的病情牵挂在你们心中
白衣为甲,你们是医护人员,更是战士
你们闪耀在病痛的夜空
你们,如一个梦


## 等待被无用之事填满

等待一次小手术的间隙,零碎地
在清醒和昏睡间飘移。我可以仔细体会
那种绵绵的阴柔的疼痛到底是由
哪一枚不懂事的氧分子吸进去的,它又是
怎样随呼吸的流动而转移的。我研究

各种姿势的疼痛级别,顺便用抚摸
的方式了解那片炎症弥漫组织粘连的
胆区肿块什么时候更坚硬。偶尔
我担心一下,像破破烂烂的小朵乌云
企图藏起满月的光辉。我练习
弯下腰脚贴着地的行走,练习咳嗽
练习一种疼痛更轻的排泄方式,练习
把病床想作云朵、把帘幕想作海湾……
慢慢地,等待一次小手术的间隙
被一些无用之事填满


**我期盼以这样的方式醒来**

我期盼术后从麻醉中这样醒来:腑脏中
由那些小石子引发的粘连和疼痛已经消失
我所爱的人握着我的手对我微笑

当然还有术后恢复。但我已可从创口处
闻到春天新叶绽放的气息,它们根植的
那片土地,正散发着新陈代谢的淡淡鲜腥

我也会微笑着握紧爱人的手。仿佛
又回到年轻时候,一日不见如隔三秋
必须倾尽全力让她感受心的温度

那样的时光只与我隔着一个夜的距离
与之相应的还有:凛冽晨风吹落了雾霾
冬日暖阳熏开的蓝天


### 被寄回家的我

像一个包裹,我被小心翼翼
寄回家。从医院寄回家
离开疼痛填充的日子

它们伛偻的背影

如同一碗黏稠的冰凉的米汤

我曾经反复摩挲

那些从身体里取出来的多余之物

它们是岁月之炮的弹片，它们让我

受苦，它们让我释然

它们凝结成不规则

的一块，眨着褐紫色的眼睛

轻轻一掰，碎了

而我，带着三个伤口被寄回家

被自己丢在沙发上

被寂静的不规则的暗影

一次又一次地覆盖和打开

# 遗 落

把记忆遗落在
那一道光照亮的地方
陌生的风藏在那里
守候由未知远方跑来的你
几丛虚弱的荆棘在模糊的光影中
叹息

把身体遗落在
另一道光闪烁的地方
熟悉的风伏在那里
告别向苍茫水岸前行的你
一片漫漶的虚空用谁也听不见的声音
告白

在已经抵达的所在
伸出我的手,拥抱你

# 走 过

院子中沉默的泥土
泥土上翻飞的绿刃
空气里永不停歇的陨落

蹉跎经年的剪影
藏在深渊中的意义
微不可闻的你的长河的声音

不知道从何说起的
故事,蛮荒的思想
与似是而非的证明

戛然而止的
寂静。熙熙攘攘的
时间,烟熏火燎地走过

# 手　心

手握蝴蝶往东
去往蜿蜒的水岸
轻盈的掌纹用不变的
初衷，挣脱漆黑手套的束缚
在虚空中有节奏地涂鸦

各种颜色的花苞摔落一地
从生到死，倏忽之间
而那只蝴蝶依然在手心处
均匀地呼吸。它帮助我
转化更多的热量，从湛蓝的
天空牧场里

有些事物
因此加速到来，为了相见
也为了告别

# 等 待

夏天，周末
吃一盆自制的钵钵鸡
买的调料，食材
厨房里乒乒乓乓的忙碌
冰镇的柠果酒
（大李兄酿的）

好爽！有泥土里冒出来的
声音不停地在窗外
聒噪，我们不能停歇地
说着话，把时间
埋进各自的身体里
（多么静寂，多么喧嚣）

然后，我把自己扔出去
坐在树枝上胡思乱想
等待你的流淌，从一座楼
热气腾腾的眼睛里

# 席 卷

像燃烧的雪
扑面而来。而我
躲在星云的深处呼吸
惦念着某个时候
与你一起在夕阳的最后一抹光华中
摇曳。此前,雪是洁白的
冷冰冰的,踮着脚尖,在空旷的
舞台上旋转。而我
软绵绵地坐在枝头吟唱
想象着在某个地方
牵着你的手在寂静的河湾里
散步。阳光失去体温的时候
火热的岩浆前赴后继地摔落下来
燃烧的雪,席卷我
苍茫的躯体,好比无数朵流光溢彩的
桃花席卷大地。有人在桃花流水中
悟道,有人哭泣,有人无动于衷
而我,随着桃花的流动而动

穿透骨骼的气息浩大而辽阔

我终于可以伸出一只手

握在这些燃烧的雪上

一点一点地锻造一场浩大无边的降临

## 呈现与消隐

在闷沉的滚雷里我摇曳着
从山里望向山外
那些呈现的,和那些消隐的
有什么区别?它们都是我的一部分
这样出神的时候,冰凉的雨
终于落下来,水雾腾起
连着我的咳嗽一起渐渐淹没

# 此　时

流水已无路可退。即使
假装停泊，也不成
它一路留情，又一去不返

一个呼吸间，已作别
无数的它，而那些淘气的
小孩仍在湿漉漉地开心

此时，满山蝉鸣
此时，白鹭回飞
此时，云朵背面的阳光正在西沉
此时，一聚成空

# 《昆虫记》是本好书

《昆虫记》在 5G 手机里撩拨我
它值得被 AI 算法一再推荐
我可以沉进去
似被法布尔观察
也可以醍醐灌顶般醒过来
继续喝茶

好比刚才,我
是一只远道而至的
小阔条纹蝶,却对法布尔
特意布置在必经之路的
"女俘"视而不见,径直飞往
被雌蝶分泌物浸润的暗黑角落
与同伴们一起滞停,寻觅,争吵

这披着修士外袍的
小阔条纹蝶哟,枉费
法布尔一番好心

（神魂颠倒于被弃置的诱饵

而置真正的实体于不顾）

《昆虫记》是一本好书

它帮助我们从昆虫的世界

涅槃

# 人间及其他

我曾经接近溺毙
脚底失去依托,身体
不断下沉,口鼻灌水
呼吸归零。四面八方混沌的
水色包裹我,巨大的恐惧
占据我。意识尽墨

直到某一刻,吐水和吸气
冲开墨色,第一道光
白晃晃地刺下来。没死
还活着!巨大的喜悦
含着差点就死了的刺痛
我在其中回过神来

天堂和地狱瞬间远去
自由呼吸的
人间,真实可亲

# 宝 藏

如同汪洋中的浪花
奔涌不息的歌唱此起彼伏
曲调天成,现在与曾经
并无不同。他说,就在那
被称为海的地方,把你
从时间中摘除

那些破空而来的光芒
轻轻落下,在浩瀚无垠的
绽放与闪烁中,所有的发现
都似一尾任意游动的鱼

## 合掌的人

在城市的居所推开六扇窗
那样夺目的市井仿佛星斗般
陈列。各种情绪的声音在耳边呢喃

繁忙的大地在叹息。工业化的空气
打着缠绵的节拍涌进来,又麻又辣的
味道在瓷碗边沿轻盈舞蹈

合掌的人,归于寂静的念头
带着这样深切的循环,行走在
一粒沙砾的世界,碰见我

彼此问好,相伴而行
直到有一天,你的语言
长出双翼,扶摇而上
消失在水蓝色的远空

## 小岛的燃烧

被圈禁的小岛拉着我

坐于荒废的码头

它的星空,沉默喑哑

它的树林,疲倦倾斜

而那些孤零零被遗弃的

别墅外面,沉重的声音

正在被杂草丛生的阴影所消耗

小岛不停地哭诉

坐立不安的

我,不知所措

直到一只红喙大鸟

挪移而至,口吐光华

随意一啄,为这片时空

换上了新织就的七彩羽衣

开始燃烧的小岛

松开我

## 师父的嘱咐

师父说,收拾完行李
来我的房间,有几句精要的话
嘱咐你

把行李装入箱子
把房间收拾干净,你的过往
纷纷扬扬飘落于识海
白茫茫的天地间
似乎只余一个你

想起师父的话,你
来到西院,房中
一盆炭火红通通地烧
蜡梅在屋角趺足而坐
你合掌而拜,叩首作别

抚着你的肩,师父
轻声说,天寒地冻

此去宜善自珍重

顷刻之间,有熟透的果子
从你的眼里和心里
双双
滚
落

## 在成都望见雪山

如果风雨刷净这空无边处的
无色琥珀,朝西的方向
贡嘎山,四姑娘山,西岭雪山
将悄然盛开在每一双从沉睡中
醒来的眼眶里

窗含西岭千秋雪啊!欣喜地
我们先为杜甫奉上一盏热气腾腾的
碧潭飘雪,再用各自称手的镜头
让她们乘云而去

别忘了供养她们
在心底。如果风雨穿透身体
我们还可以捻着水珠的温度
走进这里

## 在雨后读吉尔伯特

于识无边处，凝神
于一呼一吸中，消散
偶有虚弱的
萤火虫在淡薄的黑暗中飞过
蜂鸣如一滴饱满的

露珠。静谧之花
在盛放中，在丧失中
飘移。空无
的边界，像抬头所见的
天空

# 树　下

树下的时间,风的影子
不断变幻。城市虎踞一旁
早凋的树叶小心翼翼
躺于角落

络绎不绝的时刻
反复被切割
不快乐也不忧伤的
我,被投射到将饮的茶汤

从那些袅袅而上的青烟里
穿越,你预言的
同我期盼的
于未知的星空深处,相互着陆

## 安 定

为三面空旷的白墙

各自挂上字画

为寂静书桌和荒芜仄角

各添一盆红掌、绿萝

从此后,靠在椅上

拉拢眼帘,仿佛与小桥流水为伴

仿佛荷锄归来,铺开宣纸

作画。夕阳倦了,群山若被

我与世界双双安定

## 残　雪

一场雪，我来之前
纷纷扬扬地落下，厚积
如此冷冽的欢喜
于人世间沸腾，在指掌中传递

而残雪，几天之后
仍倔强地存在，洁白，坚硬
零零星星，在山顶，瓦上，草间
那些雪后温暖难以触及的所在

"快看，那里还有一点雪"
我们这样喊着，那场大雪的影子
而寂寂残雪，它的嘴角饱含着
痛快之后的秘密，缄默不语

# 把自己煮成一壶茶

外面冷雾弥漫
凝固成泥土一样坚硬的空气
散发又一夜的气息

绸缎般的温暖
像宿醉后的自己
让人生厌

祖逖死了
满天星斗还活着
每一次的相视都对我微笑

以冷雾为汤,把自己
煮成热气腾腾的一壶茶
与正在离开的时间同饮

## 立 春

整片大地都沉浸在

入定前的宁静中

呼吸法已悄然

转换到春天的节奏

七彩之光在白茫茫的观想空间

微弱地闪烁。在那里

我是一截枯死于

凛冽寒冬的野草之根

在黑暗潮湿的土层中

艰难地沉眠，等待被唤醒

期盼在春天的原野上

披着温暖的阳光

随风摇曳

# 冬奥之梦

在北京,一个共同的梦想
从洁白的世界里孕育、盛放、飞翔
交融人类文明,辉映五环圣光
紧跟虎年春讯脚步,乘着穿越古长城的烈风
与呐喊的冰雪一起奔向未来

冰刀,雪杖,雪橇,雪车
似银色双翅,托着梦想
在冰雪世界翱翔。如梭的疾驰
如花的托举,如龙的腾跃
每个瞬间都澎湃激情与希望

超越,与时间比,与自己比
在晶莹的赛道上像光一样
使过去的翱翔臣服于
今天的翱翔,致敬传奇
让所有人相信梦想的力量

## 中国首金

短道速滑,混合接力
莹白如玉的冰面
锋利的速滑刀托着
精灵般的王子与公主
闪电般接续竞速

每一圈滑行都竭尽全力
每一次交接都圆满无缺
直道上的身影幻化成鲜红的
波浪线,过弯时的矫姿
仿佛出鞘的圆月弯刀

历经淬炼的生命
在最需要的时刻抢先撞线
长啸,拥抱,哽咽,流泪
这一刻,生命的颜色无比灿烂
中国首金,荣耀中国

# 致敬"葱桶"组合[1]

*Bridge Over Troubled Water* [2]
比泪水更清,比时间更长

你们旋转,以彼此连线的燃点为圆心
你们发光,以共同守候的梦想为奇点

仿佛淋淋漓漓的细雨浸润大地
仿佛浩浩荡荡的繁花开满山冈

今夜,一个自由飞翔的梦
带着金子般高贵的颜色响彻世界

---

1. "葱桶"组合:指隋文静、韩聪组合。在北京冬奥会上,他们组合夺得花样滑冰双人滑金牌。
2. *Bridge Over Troubled Water*:《忧愁河上的金桥》,为北京冬奥会上隋文静、韩聪组合自由滑的配曲。

## 与未名虚间的你

从我离开的地方
捧着失温灰烬的你
又一次走来
由漫天星斗到日出东方

在我缠绵的地方
仿若露华的你
从生你养你的草尖
向永不枯萎的土层加速坠去

之后,你蛰伏
若待蜕的蝉
沉眠于未名虚间

## 久违的额头,叹息花开的声音

和煦的春风很近
我能感受到她试探着
接近,仿佛狡猾的鱼儿在探饵
一下,又一下

寒冬的迷雾仍被锁固
在四周,沉重,惊慌,互相矛盾
它们正被轻柔浩荡的春风
坚定地小口小口吞噬

春天很近了。我听见
久违的额头在陨石般的
寒冻下复苏,叹息
又一场花开的声音

## 像理解左手那样,理解孩子

可爱的左手,今天
我尝试用你敲开新一天的大门
用你掀被子、戴眼镜、拉拉链
用你刷牙、端杯子、抽起床烟……

哦,我笨拙的,紧张的,抗拒的
左手啊,多么像一个孩子
一个在家长无微不至眼光注视下
起居和学习的孩子,期盼长大
又不耐于烦琐、重复的练习与说教
而烦躁、叛逆

可爱的左手啊,是你
让我恍然大悟,热泪盈眶
我要像理解你那样
理解孩子

## 像对待右手那样,对待这场共赴白头的爱情

甜蜜的右手,每天
我的衣食住行,所思所想
没有什么能离开你
仿佛星辰之于天穹
清风之于大地

哦,我灵巧的,自由的,多才多艺的
右手啊,多像这场共赴白头的
爱情,在相濡以沫的磕磕碰碰中
忍痛纳新,操持柴米油盐
吟赏远方和美

甜蜜的右手啊,当我
为孩子气的左手热泪盈眶时
你与我心意相通
配合,克制,乐享其成

## 这也是好的

现在,仅仅是眼光掠过
没有记住一个字
我这台车并未打燃火

这也是好的。诗行是具有灵性的
物质。她们进入,有时
会在山川湖泊间弹琴吟哦
有时,她们杳无踪迹

我并不担心。因为她们
总会不经意地就从某个角落
破壁而出

# 好小的行者

雪月下,痕迹冷清
好小的行者,仰天歌唱
草木折射的光
朦胧摇摆。银色空气
被蛊惑得浓烈如水
洗礼的姿态,精微,洁净
重逾山岳,像化学元素
没入,冷却,竟不知所终
时空相合,暗香浮动
无暇蛰伏。斑驳的意志
在捕捉,在烙印
涟漪般的节奏难以言说
虚无如尘,雪月若初

## 栖居之所

馥郁芬芳的果皮之上

若云的纹路锤炼

甜蜜的金霞

扎根山体深处的起源

匀速呼吸,吸入赭黄色力量

鼓噪着在绿莹莹的叶面

雕刻流逝的价值

与不可阻挡的脚步

跌落的婆娑

于迷失中遗忘

你苍白地寻觅

无奈前路皆映照

栖居之所暗红光芒的

投影,掷地有声

# 回归的驭手

霞光幽静,花瓣纷舞
清甜空气如酒
宏大的气息飘浮
石壁深邃,脱困而出
消失在无法触及的深处

席卷四方的美好与悲怆
燃烧,融合,青白色的火焰
击破桎梏,像花骨朵打开
山石与草木轻扇翅膀
不确定的土层里裂痕垂落

银白战车的视野
日渐圆满,随风瓦解的
轨迹,像消融的残雪
回归本初的驭手
有待确认

## 以他之名


早晨九点,太阳早已出来
入口那里他与阳光相遇
格外灿烂。璀璨的眼光在燃烧
模糊的深空大幕渐渐暗淡
尘埃般的思维各自
启航

他离开。因为尚未学会
遗忘。各色文字组合的情绪
凝实成星系样的存在。他
所汲取的力量不受控制地偏移
"仅在光速是空间变量的地方,
光线将弯曲"

他叹息,需要更多滋养
由那些传说中的原初物质
他把自己扔进大幕探险
呼吸沉重。时而焦黑地颤抖

时而芬芳地绽放。早晨九点
阳光严肃而宽广

## 秩序如剑

真实，或许
与我隔着一座黑洞
我不知道，你曾经怎样地击中我
那些生僻的意义，又如何跨域而来

还原是困难的。比还原柯伊伯带
更困难。唯有等待。就像等待一场大雪
在成都等不到，到黑龙江总可以等到
等到了，就不会再质疑
你的真实

也可以专注地从额头里凝视
或者沉入破碎无痕之梦
或者步履匆匆地逃离

像四季轮转
来了又去。秩序如剑
可断一切虚妄

# 夕　照

一片美丽星河

坠出瞳子

湮灭白露

你欲离开，置

更迭的时间于不顾

而那颗金色大星

在众人注视下横渡

这片清澈湖泊。莹黄的

光芒如磁石般烙印于

灵动的水波和无瑕的宁静中

我们发光，模糊

在柔软的黑色斑纹内

跳跃，挣扎，消失

无迹可寻。碧绿草叶

填满虚空，像陨石掠过

## 参　禅

庄严，肃穆的瓦片
老松两株盘卧，空旷的
寂静。空气与骨共鸣
长满苔藓的世界，莲色环绕

不朽的空明始终凝固在
简朴的文字里，相互印证
残缺岁月被种在
单调的蒲团里，晶莹剔透

不可以逃的身体
日复一日衰弱，趔趔趄趄
的时间在秘密冲突中
被淹没。古老的意念像流水

## 降临的壮阔

嘈嘈杂杂的人心
没入绿莹莹的原野
泥土厚重,古朴。缭绕着
雾霭的石头,高深莫测

低调如尘埃,铁桶似的
伫立。赤红箭矢睥睨而至
席卷之痕密密匝匝
皮影般演绎预料中的

喜悦。这降临的壮阔啊
张口一吸
让我们龟裂
洒落,飘移,低于纤尘

# 密　境

竹屋，石桌，木墩
口鼻间袅袅娜娜的感应
月下一片雪色般的容颜
有很轻很轻的声音像
溪流撞击鹅卵石

玉质光泽流淌
紧绷的发丝沉醉于
领悟的长河
守护的巨门深处
悬浮沉睡的霞光

镜面内，毁灭与新生
皆不由己。一只黑色的
纸船在流浪的海波中
起伏，寻找遗失于
尽头的密境

# 清　晨

青色的时间长矛
在这一刻破土而出
带着大地柔软的气息
漫天星辰也阻挡不住
这是光明
觉醒在新的路途

睡鸟发出第一声脆鸣
细草凝聚第一颗露珠
村庄亮起第一盏灯火
河流跃出第一尾游鱼
这是欣喜
渲染成新的万物

又一次感受呼吸的意志
又一次察觉思绪的流出
又一次膜拜心灵的神祇
又一次感受余生的哺乳

这是宁静
打开了新的宝库

青色的时间长矛
在这一刻甘做雨露
孵化世间纷繁的幽梦
深邃寂静正碎裂无度
这是希望
催发着新的脚步

## 雪人爱上火炉

所有关于雪的情绪都很复杂
从有了她,到寻找她

她的温暖和美必须依托外物
就像她的圣洁和冷必然源自本真

每一年,都期盼着两场雪
一场飘于空中,一场下在心里

足以冻死害虫
足以剿灭毛贼

还惦着,温一壶刀子般的烈酒
呼朋唤友地醉在白茫茫的天地里

不记得纯粹的雪
就像不再有纯粹的爱

但仍然乐意读一部有关雪的童话：
一个漂亮的雪人爱上了浑身漆黑的火炉

## 我　愿

我愿是一种颜色
一根五千年前祭祀用的羽毛上的颜色
斑驳在流年的空气中伴着祖国的足音
龟裂的甲骨在呢喃
历经沧桑的青铜在呐喊
不死的凤凰，一次次浴火
您的文明，浩荡五千年
如此坚韧，如此绵延

我愿是一朵浪花
一轮春江花月寂静华美的清辉下的浪花
奔涌于蜿蜒的长河里眷恋着祖国的大地
田园，静穆葳蕤
河山，自在圣洁
不老的天下，一回回代谢
您的容颜，壮丽五千年
谁不赞叹，谁不沉醉

我愿是一道伤痕

一膀争担道义鲜血淋漓的铁肩上的伤痕

痛彻了博大的胸怀仍高举着祖国的火炬

壮志，嘶哑呐喊

兵戈，激烈锵铿

不尽的家国，一代代传承

您的历史，逶迤五千年

几多浮沉，几多灿烂

我愿是一枚音符

一曲深情柔软的《春天的故事》中的音符

飘荡在熙攘的人群里赞美着祖国的方向

改革，海阔天空

富强，众志成城

不懈的追求，一步步登顶

您的梦想，成就五千年

最是光荣，最是辉煌

我愿是一声轰鸣

一抹太湖之光超级计算机的蓝光中的轰鸣

萦绕在科学的高峰上壮大着祖国的力量

创新，永不停歇

超越，永在路上

不灭的智慧，一下下闪亮

您的光芒，辉映五千年

功在当下，功在未来

我愿是一个汉字

一声"构建人类命运共同体"的倡议中的汉字

伫立在辉煌的汗青内述说着祖国的崛起

开放，互利互惠

合作，共生共赢

不涯的胸怀，一天天彪炳

您的格局，领跑五千年

无比深情，无比壮阔

我愿

在每一天的日出日落和风雨兼程中

把汗水刻进

祖国生生不息的土层

然后,从故乡的炊烟里眺望

那片鲜花开满的山冈

# 我们正走在失去的路上

我们正走在失去的路上
得到时间,也失去时间
从混沌的黑暗中得到
在永恒的寂灭中失去,涅槃
仿佛也不能阻挡

我们正走在失去的路上
走进一个空间,也告别一个空间
看千姿百态的烂漫
见流水落花的空无,斩断
何止需一把慧剑

我们正走在失去的路上
记住一片海,忘记海一片
面朝大海顿悟其大
会当绝顶自拄其间,溯源
莫忘万物之灵本就卑微

我们正走在失去的路上
步步成长留印，笔笔消隐难显
什么是春梦了无痕
为什么蜡炬总成灰，荏苒
无敌的光阴唯她自身可抗

我们正走的路，失去才是永恒
这并不妨碍我们享受得到的短暂
就像一枝花，就像一树蝉
一季饱满的色，一弦雄壮的声，如此灿烂
点亮永恒失去的道路

## 谁在我的梦里梦见我

各自戴上眼罩
靠在沙发上
温暖顺着黑暗弥漫
我听见儿子呼吸更沉重

他调皮,他贪玩
难得这么安静地坐着
我焦虑,我絮叨
难得这么清晰地听着

一朵花温柔地打开,潮湿的
泥土闻香微笑;两队蚂蚁
浩浩荡荡在流逝的河岸徘徊

忽然,他呢喃了一句什么
仿佛在我的梦里
梦见了我

## 动摇终究不可避免

动摇,终究不可避免
园中玉树摇曳生辉
只因那些风儿缠缠绵绵

我想起老屋院坝的盼归
桃李芬芳时,蜜柚成熟季
依恋与远行,始终相随

我想起清波荡漾的山溪
源因久旱断,涨由暴雨来
丰枯和素静,怎能相弃

我想起五味飘香的灶台
朋友相聚席,节庆团圆宴
欢喜同平淡,错落徘徊

动摇,终究不可避免
园中玉树静默伸展
不怪那些风儿缠缠绵绵

# 思 念

一

初春的周末,阳光无力
唯有颜色尚在
我开始思念那些时刻
金黄的温度铺排开
即使发梢也尽是神彩

那是阳光挥洒力量的时刻
如果有幸闲下来
或者品一壶茶,或者翻几页书
或者什么也不做,只是发呆
都让平常的日子写上快哉

那是思维失去速度的时刻
却在混沌中升出玄采
有时异想天开,有时静水流深
有时什么都没有,只余通体舒泰

却让平凡的心灵长出莲腮

突然想起某个流连的午后
微闭的双眼迎着阳光上抬
在看见之外,光的颜色扑闪而来
温暖,透过光与眼连线的脸带
浇注出无念不存的窍海


二

初春的中午,细雨无力
仍觉颜色如丝
我不由怀想那些时刻
纯净的雨光相编织
惹得心底都装满好时

那是五彩之色试探着飞上枯枝的时刻

只需游目以视
或者新红初放,或者细绿勾连
或者只抖擞了神,合节轻嘶
都让心的色彩斑斓而溢

那是芬芳之气熟透了沁润空间的时刻
下必刻意觉知
有时闭目深嗅,有时挥手轻挽
有时只在呼吸间,留香唇齿
都让身的细胞欢愉若翅

突然想起那年的因斯布鲁克
轻披的晨色诱发浪漫情丝
在期望之外,野花如海束之成诗
惊喜,就在爱人睁眼醒来的那时
填满了因眠而生的相思

# 东　篱

## 一

花儿铺满夕晖
车声连绵成夜
孩子，不让人坐成雕像
他只顾闹腾

这是孩子的东篱
大人只是蝴蝶
蝴蝶飞
书架边，水池旁
如果没有孩子
蝴蝶断不会如此生动

我想成为孩子
拥有一座南山

二

孩子的母亲
刷着微信
微笑的侧脸
有条不紊地展开

静寂突然而至
如沉睡的子宫
她凝目世界之外

孩子扑住蝴蝶
不,是惊醒的蝶儿噙住了孩子

我想成为蝴蝶
依着一座南山

三

我，峨冠博带
采一双并蒂而开的菊

观色，闻香
夕晖浇筑耳郭
每一个细胞
暖洋洋地颤

我融化为泥土
垒起一座南山……

## 父亲对我的需要越来越少

父亲是一名生活实验家
每天两次,他在浣花溪试验风
如何把脸上的皱纹抚平
一日三餐,他用量杯搭配
油、盐、维生素、蛋白质……

望着我的时候
他常常欲言又止

哦,父亲,我知道你想说什么
我暂时还做不到。就像跑步
三十年前你带着我跑
后来,我享受与自己对话的跑步时光

哦,父亲,我知道你担忧什么
我已经做好准备。就像远行
二十年前你为我整理行装
后来,十分钟足够我拎着箱子出发

父亲越来越老。想他了
我们就在视频里聊天
最近,他告诉我一个好消息
小区业主们已达成一致
在旧楼里加装电梯
我长长地长长地舒了一口气

哦,父亲,你对外的需要越来越少
包括我

## 爱满天地

曾在烽火中呼号
曾在驿路上飘摇
曾随鸽哨打开翅膀
也曾托付情思入云霄

你以光速通四方
你连城市与山乡
你是心中那一片云
聚大千世界在我指掌

无声无息的你
不可思议的你
当心与心相见时
多少梦因为你添了双翼

温暖如初的你
飞向未来的你
当心与心相通时
多少爱托着你充满天地

## 梅花落在春风里

春天如约而至,梅花
落向何处

听一张琴,弹一曲
《梅花三弄》
这些熬冬的精灵
纷纷扬扬,落满弦间
没有别离忧愁
只为人间,再留下一支最美的舞蹈

观一陂水,绘一幅
千里江山
这些报春的先知
点点滴滴,缀在池面
残余傲霜气息
只为人间,再勾勒一次清孤的颜色

逐水的雀,衔了一瓣花

飞到枝头,迫不及待对着春天吟唱
而它,仍然愿意留下影子
陪伴落下的梅,寂静的花

## 其美多吉的坚守

高原的雪有多圣洁
你坚守的使命就有多圣洁
一段雪线以上的邮路
连接甘孜与德格
只要有邮件,你的邮车就迤逦而行
在风雪大地碾下清晰的辙印
六千多次往返
四倍于地球到月球的距离
你无畏地坚守
把牧区与世界紧密相连

高天的蓝有多孤独
你坚守的距离就有多孤独
一段无人陪伴的旅程
连接甘孜与德格
只要有邮件,你的歌声就嘹亮而行
在风雪大地谱下高亢的旋律
八个多小时行程

多少曲子曾被孤独地吟唱

你寂寞地坚守

把幸福与温暖及时传递

邮车的绿有多醒目

你坚守的梦想就有多醒目

一段为梦想前行的岁月

连接甘孜与德格

只要有邮件，你的热爱就护航而行

在风雪大地刻下执着的痕迹

三十年无怨无悔

无数危险都被不屈地征服

你顽强地坚守

把平安与美好一路播撒

流淌的血有多火热

你坚守的信念就有多火热

一段九死不悔的传奇

连接甘孜与德格

只要有邮件,你的善良就普照而行

在风雪大地烙下希望的光芒

一万多个日夜

数不清的帮助,静悄悄地发生

你慷慨地坚守

把真爱与大爱用心践行


其美多吉[1],金刚

头骨中永久地植入一块合金

那是无所畏惧的英雄意气

怎能有所缺失

金刚,其美多吉

玩命征服雄鹰难以飞越的绝岭

那是出神入化的独门绝技

怎不让人惊叹

---

1. 其美多吉:藏语,意为金刚。

一条路一辆车一个人：

其美多吉，金刚

金刚，其美多吉

# 我们的世界

世界如此温柔
一芽初新的绿，一抹将消的霞
一帘沾衣的雨，一捧通透的光
一叶欲滴的露，一苞正妙的花
世界如此温柔，不论海角天涯

世界如此严酷
一池萧瑟的荷，一山冰冻的寒
一株枯败的树，一腔未了的情
一次不预的灾，一把别离的剑
世界如此严酷，不论贫富贵贱

世界如此神秘
一轮皎洁的月，一粒纤微的尘
一段未载的史，一件想成的事
一句莫名的偈，一对灵犀般的心
世界如此神秘，不论中外古今

世界

如此

## 夏天与我隔着一场雨

夏天想念我
风是信使,太阳舔过的风
我想念夏天
诗是信使,写了就忘的诗

夏天,太阳在山脚的河中
夏天,月亮在村头的井中
夏天,星星闪烁在田野沉默的稻花中
夏天,人们轻睡在蛙鸣搅动的池塘中

我与夏天
隔着一眼泉彼此想念
夏天与我
隔着一场雨互相告别

## 圣淘沙海滩的晨光中


此刻的佛,坐在
清晨的莲台上想念印度诸神
北面的风带着陆地的热闹
南面的风充塞南海的清新
佛等待着,你把最甜美的鲜花
奉献给诸神

此刻黄喙的海乌鸦
绕着莲台飞,接引着太阳神
迎面的风都是太阳风
侧面的风已被吞噬干净
你等待着,细腰蜂把最芬芳的蜜
涂抹在最细腻的花瓣上

此刻神秘的紫色蝴蝶兰
悬在莲台上,冶冶光华腾
叶间的风来了又去
根后的风杳若星辰

细腰蜂等待着,谁能够把永恒
定格在最丰裕的晨光中

此刻无关乎大海、草原、高山
无关乎春,无关乎其他季节
甚至,无关乎存在的形式和存在本身

此刻,佛在莲台上
想念的岂止是印度诸神

## 我与时间互相凝视

时间凝视我
如凝视一册未完结的
书。没有不为他知的秘密

我凝视时间
如凝视一条蜿蜒的
大河。把过去与未来拢在怀里

沿岸走,移步换景
溯源趋逝;离岸
又将走向何处、观见何物

时间的凝视是宿命所在
我的凝视如沧海一粟

## 天上的世界

一

天上的世界,落在脚下
几只成年的马门溪龙
在远机位发呆,石头里有太阳
和连续、低沉、散乱的嗡嗡声
裸露的石头上没有树和草
几只没有头尾的凶兽,站在风中
等候食物。石头里蹦出来的食物
填满透明的胃。凶兽开始蠕动
瞪着一双月亮般的眼,沿着
锋利的石边,又折向远处的暗影
一只比翼龙大得多的怪物
咆哮着展翅扑下,气势汹汹
天空霸主的威严让马门溪龙不安
它们企图逃离,带着惊恐
却发觉无处可逃。森林,河流
不见踪迹,甚至连恐怖的霸王龙

都仿佛蒸发一般。更远的地方
更多的太阳连成一片,夹杂不知名的兽吼
马门溪龙紧张地东张西望
现在,只有黑暗能让它们安心跟从
黑暗是这些太阳照耀不到的地方
那里纵有危险,也有宁静若冢


二

地上的太阳,让位于天上的太阳
薄雾飘开,直棱棱的山丘在视野中
成群地出现,裸露的崖上没有草木
只有青灰、黄褐、赭红的惊悚
山丘下还是有稀稀拉拉的树冠
排着队在陌生的调门中跳舞,哼鸣
马门溪龙抽动着鼻子慢腾腾地迈步
向自己的早餐挪去。它们的胃很空

天空霸主仍在咆哮,它们的心很慌
不时地,有些小怪兽快速地穿行
倏忽之间,加重了马门溪龙的饥饿
树冠和山丘的远处是更高的丘丛
看不到无边无际的绿色丛林,闻不到
沼泽的气息,也没有同伴们的行踪
吸进去的空气透着不同于以往的味道
刺激,痉挛,从而连续地咳出声
瞳孔因快速掠过的细物而收缩
树叶会叫!啾啾着飞过,带着日影
落在树干上。觅不到可口的漂萍
马门溪龙试着吃树叶来补充
消耗。粗粝少汁的食物让它们反胃
它们伏下笨重的身体,喘息,悲鸣
咀嚼,吞咽,呕吐,能量将竭
死亡的恐惧,让欲垂的头更为沉重

## 三

天上的世界，地下的家园
最后时刻，濒死的马门溪龙
撞碎它们的头，这个致命的世界
消失了。新的力量由黑暗中汹涌
注入，赶走衰朽。泥沼的浮力
水草和萍类，生命由此无比轻盈
成片的巨树，无数熟悉的气息
太阳把炙热烙进毛孔，暖与平静
生起于骨骸。这个生息的世界
回来了。旧的力量在光亮中奔腾
浸入肌骨，赋予欣盛。交媾的伟力
更替和孕育，生命由此世代滋生
食肉的凶兽，无时不在的危险
月亮把清凉铺满皮肤，光与蒙眬
坠沉在眼眸。这个适者的世界
延续着。毁灭的力量在天地中接踵

而至,带来灾难。磅礴的威力
终将凝固这些活着的马门溪龙
天上的世界,并不知晓
有几头马门溪龙曾经懵懵懂懂
来过,它们的骨架与灭世的熔浆
龛合无间,与时光交织成不朽的晶莹
让地下的家园大白于某个未来的天上
孤独的世界,叹息着:此世何萤!

# 堤　坝

一

堤坝的意义
在于蓄势
越是上游，越多恣意
直到在自然的鬼斧神工之外
成就一汪静谧的山水

二

如果没有闸孔
可以不时地调节流量
这一方天地，就会死
死于拘泥
死于溃决

### 三

其实水，都是一成不变地
流向大海，或者
被蒸腾到云上又落下来
哪里有水，哪里就只有反复
哪里没有水，哪里才有创造水的可能

### 四

自然界没有一所石室精舍
所以，自然界不能复制
水的创造
浩瀚的宇宙中
水，是屈指可数的存在

## 五

易，是经之始
除了人
没有可以推演意象的存在
易，是第一道系统推演的堤坝
就像水
是第一道生命合成的堤坝

## 六

冬，藏
在时间的边界之内
一切都很单调
颜色，温度，声音
气味，变化，生活
冬，是四季的堤坝

## 七

时间的看台上
开始产生隐秘的躁动
人们正把各自的思念
弯成钩子,欲把温暖的大地
钓起

## 八

任意一条鱼
都看不到春暖花开的路
除非跃出水面
任意一条鱼
都先知奔腾不息的回暖
然后,产卵
然后,繁衍

九

大地沸腾之前
一切，都很静谧
甚至连大地的呼吸
都微不可知
直到，第一条先知的鱼
游出不一样的姿态


十

文翁，化育人心
温暖，化育大地
枯败的树将是最好的见证
然而，此时此刻
我们都还在看台上
各自把思念之钩

扔向大地沸腾的方向
仿佛，四季堤坝的闸门
在这一刻已缓缓开启

# 虞美人

那个春天
开在湖滨的一支虞美人
与她的倒影
轻舞飞扬,恰到好处
余花皆过。拨动心弦的
生命,如此之轻

泪花消逝之前
为她,急填一首《虞美人》

流花年年去,新蕊岁岁开
——多少花儿的生与死

然而,我仍然疼惜那年春天的
一支虞美人

## 文王操

远远的阳光
带着山林的厚重通透回响
　　　沉沉地心跳

浅浅的溪流
闪烁着轻灵的光影百转腾挪
　　　盈盈地心动

一檐新落的银丝
牵成万千温柔泪融入大地
　　　微微地心皱

极远极远的东方
蜿蜒千万里的江河无声地涌入大海
　　　渐渐地心宁

一琴曲，何人操
只在这一方天地中生生不息

# 归 乡

归乡的路,是幸福的
即使在回忆中,也芬芳着
甜美的青草味道,每一粒菜籽
都满满地储存了阳光,等待着
把温暖的感觉填充进来

哪怕千里旅程,也飘动着
熟悉的美食香气,每一缕炊烟
都盈盈地采撷了山水,哼唱着
把纯真的情意推送过来

就算经年漂萍,也憧憬着
记忆的镜像仍在,每一滴檐雨
都深深地饱含了守望,哭泣着
把累积的思念倾诉出来

归乡的路,是幸福的
那里的一切与我们的一切,共鸣着

一支渗透骨髓的旋律，每一次律动
都悠悠地拨动着心田，雀跃着
把思念的眼神勾勒出来

# 温　度

那一刻的温度

温暖了我们的二十年

千山万水，日月交替

从未使它冷却

那是人生最美的时光

青春岁月，诗酒年华

最美的遇见，最深情的湖

那一刻的温度

就在那里，从未离开


这一刻的温度

寂寞着二十年后的我们

千言万语，说与谁听

只能任它冷凝

这是冬天最阴郁的时刻

挥鞭断不了流，举杯浇不灭愁

最痛的别离，最深情的湖

这一刻的温度

就在这里，冻成永恒

我想，用那一刻的温度
温暖这一刻寂寞的你

我想，用那一刻最诗酒年华的你
温暖这一刻忧伤的我

我想，用那一刻最美的遇见
温暖这一刻最痛的别离

我想，回到那最深情的湖边
举杯邀月，泛舟看塔
你一定在那里，从未离开

# 当 下

每一个当下
都是下一个未来的前一刻
我希望,当下的我
懂得下一刻的我将去往何处

每一个当下
都是前一个过去的后一刻
我希望,过去的我
已经为这一刻的我种下必然

每一个当下
都是正在迈入下一刻的未来
我希望,未来的我
仍能为下一刻的我把住方向

一定会存在这样的当下
那一刻的我不知道下一刻将发生何事
我希望,那一刻的我

能够无所畏惧泰然迎向不确定的未来

一定会存在这样的当下
那一刻的我因为胆怯而渴盼一双扶助的手
我希望,那一刻的我
不会因为渴盼成空而坐等命运的裁决

一定会存在这样的当下
那一刻的我仿佛智珠在握迈向下一个必然
我希望,那一刻的我
做好了在黑暗的大洋深处独自泅渡的准备

当我回忆过去的时候
来路被切片成无数曾经的当下
撷起其中一片,重温那一刻
喜怒哀乐,尽得其味

当我学习过去的时候

历史被切片成无限不曾经的当下
拾起其中一片，感受那一刻
兴衰成败，各有其缘

当我心怀希望的时候
去途被分解成一个个未经的当下
走向那一刻，平静无畏
得矣失矣，都能承受

当我升起梦想的时候
未来被分解成一个个不能经的当下
望向那一刻，喜悦无憾
是矣非矣，有何分别

是的，就是这一刻
这一刻，就是当下
我只是随着心写下一些文字
然后，在疾驶的夜车上渐渐睡去

是的，就是这一刻
这一刻，就是当下
我将会由着神迷糊了知觉
然后，在破晓的晨光中慢慢醒来

# 家

一个家,是我的家
一头牵着我匆匆的身影
一头牵着父母亲深沉的牵挂
无论身处何地
在不知不觉间总会思念她

一个家,是她的家
一头牵着她依依的眷念
一头牵着娘家人关切的闲话
无论行至何方
在家长里短中总会珍惜她

一个家,是我们的家
一头记录着爱渐醇厚的欣慰携伴
一头记录着孕育新生命的欣喜步伐
无论行路难易
在风雨兼程中总会欣赏她

一个家，是千千万万我与她共同的家
一头造就了有情世界的缤纷色彩和温暖絮语
一头造就了无限宇宙的神秘莫测和深邃星华
无论时空轮替
在抬头仰望时总会赞叹她

一个家，绵延繁衍
花开花谢，雪落雪化
流逝的岁月之河
每一滴河水，摊在掌心都是厚重史画
看着她，品味她
每一个瞬间，走入心头都如爱人情话

这就是，家！

## 怀想足球

插上飞翔的灵动的翅膀
我的眼,黑色和白色的花
在巨大的绿叶丛中盛放
人类追逐自由的灵魂舞动

当战栗的激动茫茫然
挥动风轮般的脚踏过花丛
仿佛流星灿烂的光华
划过苍穹,消失不见

我的英雄,惊悸的,短暂的
不可重复的艺术之神
你张网,捕住那朵美丽的花

如果有一天,花儿凋谢在风中
我的英雄,你的魂同时死去
然后在衰败的灰色天空中哀鸣

## 崩溃的夜

是的,深沉的夜在街道上弥漫
每一刻都如黄金般熠熠闪光
激情和忐忑在暗夜中荡漾
英雄交响曲,动人心魄地抖颤

每一刻都如黄金般熠熠闪光
抚柱长叹的慈悲而忧伤的眼
英雄交响曲,动人心魄地抖颤
夜雨淅淅沥沥,呜咽的心一样

抚柱长叹的慈悲而忧伤的眼
静默的空气缀满了悲凉
夜雨淅淅沥沥,呜咽的心一样
黑夜正沉入更黑的绝望里